Wilhelm Rosenkrantz

Die Platonische Ideenlehre und ihre Kritik und Umgestaltung durch Aristoteles

SALZWASSER VERLAG

Wilhelm Rosenkrantz

Die Platonische Ideenlehre und ihre Kritik und Umgestaltung durch Aristoteles

Unveränderter Nachdruck der Originalausgabe von 1868.

1. Auflage 2022 | ISBN: 978-3-37506-116-6

Verlag: Salzwasser Verlag GmbH, Zeilweg 44, 60439 Frankfurt, Deutschland
Vertretungsberechtigt: E. Roepke, Zeilweg 44, 60439 Frankfurt, Deutschland
Druck: Books on Demand GmbH, In de Tarpen 42, 22848 Norderstedt, Deutschland

Die

Platonische Ideenlehre

und ihre

Kritik und Umgestaltung durch Aristoteles,

dargestellt nach den Quellen und erläutert aus dem durch die
neuere Philosophie gewonnenen Gesichtspunkte

von

Dr. Wilhelm Rosenkranz.

Separatabdruck aus des Verfassers „Wissenschaft des Wissens 2c."

Mainz,
Verlag von Franz Kirchheim.
1868.

Mainz, Druck von Florian Kupferberg.

Einleitung.

Die Ideenlehre wurde bekanntlich zuerst von Plato entwickelt. Die Veranlassung hiezu gab der Gegensatz der beiden
einander widerstreitenden Lehren der eleatischen Schule und
des Herakleitos, von welchen die erstere das Seyende als
unbewegliche Einheit in seinem Begriffe festhielt, worin die
Vielheit der Dinge wie erloschen war, der letztere aber dasselbe
nur in den erscheinenden Dingen als eine sich stets verändernde
Vielheit, im ewigen Flusse des Werdens erfaßte, und damit
die zum Begreifen der Dinge erforderliche Einheit verloren hatte.
Zur Vermittlung dieser Gegensätze bedurfte es einer Verbindung der Einheit mit der Vielheit, und eine solche Verbindung
war selbst wieder nur dadurch möglich, daß die Einheit in der
Vielheit erkannt, folglich das Seyende als Eins und Vieles zugleich[1]) oder als eine die Vielheit und den Wechsel der Dinge
in der Erscheinung bedingende Einheit begriffen wurde. Hiezu dienten dem Plato die Ideen (ἰδέαι). Den Umfang derselben
hat Plato auf das Weiteste ausgedehnt. Er begreift darunter
alles wahrhaft oder unwandelbar Seyende (ὄντως ὄν, ἀεί, κατὰ
ταὐτά, ὡσαύτως ὄν oder ἔχον)[2]) und wahrhaft Wißbare,[3]) und
nennt sie Vorbilder (παραδείγματα) der sinnlichen Dinge, welche
ihr wandelbares Seyn einer Theilnahme (μέϑεξις, παρουσία, κοινωνία
an den Ideen verdanken[4]) und sich zu ihnen als Abbilder oder
Nachahmungen (ὁμοιώματα) verhalten.[5]) Die menschliche Seele,
lehrt er, bringt die Ideen schon bei der Geburt mit sich in das
irdische Leben, nachdem sie dieselben in einem vorausgegangenen
himmlischen Leben geschaut, und erinnert sich darum beim An-
blicke der irdischen Abbilder an jene himmlischen Urbilder.[6])

---

1) ἓν καὶ πολλά Philebus p. 14 d. — Bei Aristoteles findet sich als
gewöhnlicher Ausdruck hiefür: ἓν ἐπὶ πολλῶν. Metaph. I cap. 9 § 13. VII
cap. 16 § 10. XIII cap. 4 § 14 2c.

2) Timaeus p. 27 d. 28 a. 38 a. — De republ. VI p. 484 b. 485 b.
X p. 597 d. — Phaedrus p. 247, 249. — Phaedon p. 78 d. — Phileb.
p. 59 a u. d.

3) De republ. V p. 477 2c.

4) Phaedon Cap. 49. — Sophistes p. 259 a.

5) Parmenides p. 182 d. — Timaeus p. 28.

6) Phaedrus p. 244, 249, 251.

1*

Das Studium der platonischen Ideenlehre ist für die Philosophie von höchster Wichtigkeit. Anderseits erfordert jedoch das gehörige Verständniß derselben schon eine gewisse philosophische Bildung. Es fehlt zwar nicht an vielfachen Bearbeitungen der platonischen Ideenlehre aus älterer und neuerer Zeit. Aber in allen herrscht eine gewisse Dunkelheit, welche es unmöglich macht, den dieser Lehre zu Grunde liegenden Gedanken in seiner ganzen Tiefe zu erkennen. Selbst Brandis und Trendelenburg, welchen hier die Geschichte der Philosophie am meisten verdankt, bekannten, daß die Ergebnisse ihrer Forschungen noch manche Zweifel über die wesentlichsten Punkte dieser Lehre übrig gelassen haben, und abgesehen von den Verdiensten, welche sich Zeller und andere Gelehrte um das Verständniß einzelner Stellen in den platonischen Schriften erworben haben, ist während der letztverflossenen vierzig Jahre nichts mehr geschehen, was dazu geeignet gewesen wäre, im Ganzen hierüber ein neues Licht zu verbreiten. Man muß es zwar den bisherigen Bearbeitungen zum Dank wissen, daß sie alle Auslegungsmittel, welche auf dem Wege der philologischen Forschung zu erzielen waren, aufgewendet haben. Die Sache hat aber auch noch eine andere Seite. Es fragt sich, ob nicht auch eine philosophische Untersuchung des Gegenstandes selbst dazu beitragen kann, dem platonischen Gedanken näher zu kommen. Liegt in der platonischen Ideenlehre ein wahrhaft genialer Gedanke, dann muß die wahre Entwicklung der Philosophie immer wieder darauf zurückkommen und ihn mit größerer Klarheit hervortreten lassen.

Eine aus den Quellen geschöpfte kurze Darstellung und Erläuterung dieser Lehre, welche nebst dem bisher gesammelten philologischen Materiale zugleich den philosophischen Gesichtspunkt in's Auge faßt, dürfte Denjenigen nicht unwillkommen seyn, welche sich zu dem Zwecke eines gründlichen philosophischen oder philologischen Studiums mit der platonischen Philosophie näher bekannt machen wollen.

I

Die Ideen nach den platonischen Dialogen.

Aus dem inneren Zusammenhange der einzelnen Dialoge, deren Aufeinanderfolge erst in neuerer Zeit mit größerer Wahr-

scheinlichkeit ermittelt wurde, ergibt sich, daß Plato seine Ideenlehre allmälig entwickelte, und es dürfte sehr schwer seyn, bei
Vergleichung der verschiedenen Dialoge eine bestimmte Grenze
aufzufinden, bei welcher Plato, wie Michelis[1]) meint, diese Entwicklung zu einem Abschlusse gebracht hätte. Was z. B. im „Theä-
tetus" nur vorbereitet wird, erscheint im „Parmenides" und
„Sophistes" als Gegenstand der Erörterung. Die Klarheit, mit
welcher die Prinzipienlehre im „Philebus" hervortritt, zeigt uns
schon eine höhere Erkenntniß, welcher gegenüber die im „Parmenides" und „Sophistes" noch als eine unvollkommenere erscheint.
Die Erörterungen über die dialektische Methode im „Staate"
beweisen, daß Plato auch den Standpunkt seiner Lehre im „Philebus" überwunden und sich zu einem neuen und höheren empor
geschwungen hatte. Am vollkommensten ausgebildet findet sich
endlich die Ideenlehre im „Timäus," dem letzten Werke Platos
nach Zellers Ansicht, jedenfalls einem seiner letzten Werke. —
Wie durch diesen allmäligen Entwicklungsgang mancher in früheren Dialogen vorkommende Gedanke in späteren einen schärferen
Ausdruck und größere Deutlichkeit gewinnt, so läßt uns anderseits nicht selten die Darstellungsweise in früheren Dialogen erkennen, daß Plato schon damals über manche Punkte mit sich im
Reinen war, welche er erst in späteren Dialogen ausführlicher
erörterte. Wer daher die platonische Ideenlehre aus den Quellen
studiren will, der muß sie, um sie richtig aufzufassen, in ihrem
Entwicklungsgange verfolgen, wie sie ihn im Geiste Platos selbst
durchgemacht hat. Er darf aber bei dem Studium der späteren
Dialoge die früheren ebensowenig, wie bei dem Studium der
früheren die späteren aus dem Auge verlieren. Für ihre Darstellung in einer Gesammtübersicht endlich bietet sich kein besserer
Anknüpfungspunkt, als die Ausführung im „Timäus." Von da
aus wollen wir auch unter beständiger Rücksichtnahme auf die
übrigen Dialoge unsere Betrachtung beginnen.

Die griechische Philosophie entwickelte sich unter der Herr-
schaft der griechischen Mythologie. Darum zeigt sich die wissenschaftliche Lehre nicht bloß bei den älteren Philosophen, sondern auch bei Plato noch vielfach mit mythologischen Vorstellungen verflochten. Ungeachtet dieser Verflechtung läßt sich aber
das Wissenschaftliche von dem Mythologischen in der griechischen

---

1) „Die Philosophie Platons in ihrer inneren Beziehung zur geoffen-
barten Wahrheit." 1859. Abth. I. S. 186 ꝛc.

Philosophie überall leicht unterscheiden. Es tritt uns aus diesem wie ein scharf abgegrenztes Bild aus einem dunklen Hintergrunde immer lichtvoller entgegen, und der Grund, warum wir beide so leicht von einander unterscheiden, besteht darin, daß die Philosophie, insoweit sie zur Wissenschaft geworden ist, eine Lehre enthält, welche der menschlichen Vernunft selbst entsprungen ist, und sich mit dieser im Einklange befindet, während die mythologische Götterlehre für die Vernunft etwas Fremdartiges und ihr Widerstrebendes enthält. Schon das erste Auftreten der Philosophie war eine Lossagung von dem Polytheismus der Mythologie durch die Forderung der Einheit des Seyenden. Diese Forderung zeigt sich nicht erst in der entschiedenen Lehre der Eleaten, sondern schon in dem Suchen der ältesten jonischen Schule nach einem gemeinschaftlichen Urstoffe aller Dinge. Auch in der platonischen Ideenlehre bildet diese Einheit[2]) den Wendepunkt, von welchem die wissenschaftliche Entwicklung ausgeht. Sie ist die höchste Idee, mit welcher Plato den der Mythologie entnommenen Begriff der Gottheit verbindet. Gott, lehrt er, ist das höchste Wesen, welches sich selbst und alles Andere hervorbringt[3]), und die höchste freie Ursache, welche der gesammten Weltordnung zu Grunde liegt[4]).

Im „Timäus" unterscheidet jedoch Plato die Ideen von Gott und nennt sie Musterbilder, nach welchen Gott die Schöpfung vollbringt[5]). Er bezeichnet hier die Ideen als das „immer und unwandelbar Seyende," die geschaffenen Dinge als das „stets nur im Werden Begriffene und niemals wahrhaft Seyende"[6]), die Erschaffung der Dinge endlich als eine Einbildung der Ideen in einen Stoff, welchen Gott als einen

---

2) Das bekannte ὄντως ὄν oder τὸ ἓν καὶ τὸ ὄν, wie sie im „Parmenides" genannt wird.

3) De republ. X. p. 596 c. u. p. 597 b. u. c.

4) Timaeus p. 28 a. — Phileb. p. 28 c. u. e., p. 30 d. — Sophist. p. 265 c.

5) L. c: ὅτου μὲν οὖν ἂν ὁ δημιουργὸς πρὸς τὸ κατὰ ταὐτὰ ἔχον βλέπων ἀεί, τοιούτῳ τινὶ προςχρώμενος παραδείγματι, τὴν ἰδέαν καὶ δύναμιν αὐτοῦ ἀπεργάζηται, καλὸν ἐξ ἀνάγκης οὕτως ἀποτελεῖσθαι πᾶν.

6) p. 27 d: ἔστιν οὖν δὴ κατ' ἐμὴν δόξαν πρῶτον διαιρετέον τάδε· τί τὸ ὂν ἀεί, γένεσιν δὲ οὐκ ἔχον, καὶ τί τὸ γιγνόμενον μὲν ἀεί, ὂν δὲ οὐδέποτε· τὸ μὲν δὴ νοήσει μετὰ λόγου περιληπτόν, ἀεὶ κατὰ ταὐτὰ ὄν, τὸ δ' αὖ δόξῃ μετ' αἰσθήσεως ἀλόγου δοξαστόν, γιγνόμενον καὶ ἀπολλύμενον, ὄντως δὲ οὐδέποτε ὄν. — Vgl. auch p. 52 a. dann Phileb. p. 59 a.

schon vorhandenen, aber noch ungeordneten und durch die Einbildung der Ideen erst in Ordnung zu bringenden vorfand[7].

Die Art, wie Plato diesen Stoff schildert, hat von je her
als höchst räthselhaft gegolten. Er nennt ihn etwas Räumliches, für sich keiner Vergänglichkeit Unterliegendes, allem Werdenden eine Stelle Gewährendes und durch keine Sinneswahrnehmung, sondern nur durch ein uneigentliches Denken Erfaß-
bares[8]. Man könnte diese Schilderung auf den Raum selbst
beziehen. Für diese Ansicht ließe sich auch anführen, daß Plato
nur den Ideen ein wahres Seyn beilegte, und die sinnlich wahrnehmbaren Dinge als gemischt aus Seyendem und Nichtseyendem
bezeichnete[9]. Dasjenige, was den Dingen die sinnliche Wahr-
nehmbarkeit verleiht, ist gerade das Räumliche an ihnen, der
Raum selbst aber, getrennt von den in ihm existirenden Dingen,
— also der leere Raum, ein wahrhaft Nichtseyendes[10]. Betrachtet man nun das Räumliche an den Dingen als etwas, was sie
mit dem Raume gemein haben, gleichwie Plato das Seyn der
Dinge als eine Theilnahme (μέθεξις) an den Ideen bezeichnet, so
begreift sich leicht, wie Plato sagen konnte, die sinnlich wahrnehmbaren Dinge seyen aus Seyendem und Nichtseyendem gemischt. Außerdem könnte man sich noch auf eine Stelle bei
Aristoteles berufen, wo dem Plato geradezu eine Verwechslung
der Materie und des Raumes zum Vorwurfe gemacht wird[11].
Es ist daher wohl erklärlich, wie sich die Meinung bilden konnte,

---

7) Tim. p. 30 a.: βουληθεὶς γὰρ ὁ θεὸς ἀγαθὰ μὲν πάντα, φλαῦρον δὲ
μηδὲν εἶναι κατὰ δύναμιν, οὕτω δὴ πᾶν ὅσον ἦν ὁρατὸν παραλαβὼν οὐχ ἡσυχίαν
ἄγον ἀλλὰ κινούμενον πλημμελῶς καὶ ἀτάκτως, εἰς τάξιν αὐτὸ ἤγαγεν ἐκ τῆς ἀταξίας,
ἡγησάμενος ἐκεῖνο τούτου πάντως ἄμεινον.

8) L. c. p. 52 a: τὸ τῆς χώρας ἀεί, φθορὰν οὐ προσδεχόμενον, ἕδραν δὲ
παρέχον ὅσα ἔχει γένεσιν πᾶσιν, αὐτὸ δὲ μετ᾽ ἀναισθησίας ἁπτὸν λογισμῷ τινὶ νόθῳ,
μόγις πιστόν.

9) De republ. V p. 476—479.

10) Auch Aristoteles nennt seine Materie, welche er gewöhnlich als
ein δυνάμει ὄν bezeichnet, in Phys. I cap. 9. ein Nichtseyendes, aber nur ein
in gewisser Beziehung Nichtseyendes (οὐκ ὄν κατὰ συμβεβηκός) im Gegensatze zur vollkommenen Verneinung (στέρησις καθ᾽ αὑτήν), und sagt von
ihr, daß sie dem Seyn nahe stehe und gewissermaßen selbst eine Substanz
(οὐσία) sey.

11) Phys. IV cap. 2.: Διὸ καὶ ὁ Πλάτων τὴν ὕλην καὶ τὴν χώραν τὸ
αὐτό φησιν εἶναι ἐν τῷ Τιμαίῳ· τὸ γὰρ μεταληπτικὸν καὶ τὴν χώραν ἓν καὶ
ταὐτόν.

Plato habe sich unter seiner Materie gar nichts Wirkliches, sondern eben nur den Raum gedacht [12]).

Diese Meinung erweist sich jedoch bei näherer Prüfung als eine durchaus unhaltbare. Wäre die platonische Materie etwas ganz und gar Unwirkliches, ein bloßes Gedankending, so ließe sich für's Erste schon gar nicht begreifen, wie aus ihrer Verbindung mit den Ideen etwas von diesen Verschiedenes hätte entstehen können. Daß aber Plato die sinnlich wahrnehmbaren Dinge wirklich als etwas von den Ideen Verschiedenes betrachtete, ergibt sich unzweifelhaft nicht bloß aus seiner eigenen Darstellung, in welcher er jene immer als Nachahmungen und Abbilder (μιμήματα und ὁμοιώματα) von diesen bezeichnete, sondern auch aus der Kritik des Aristoteles, der gerade darin das Anstößige der platonischen Ideenlehre fand, daß hienach die Ideen von den Dingen verschiedene, außer und neben denselben existirende Wesenheiten seyn sollten [13]). Zeller, welcher gleichfalls die Ansicht vertheidigte, daß die Materie im platonischen Sinne kein reelles Substrat sey [14]), glaubte auch in der That, darin, daß die Ideen im Abbilde der Sinnlichkeit ein von ihrem ursprünglichen Seyn verschiedenes Seyn haben sollten, während doch Plato das Seyn den Ideen ausschließlich vindizire und ein reines Nichtseyn das Seyn der Ideen in der Sinnenwelt nicht zu beschränken vermöchte, liege ein unauflöslicher Widerspruch [15]). — Im „Timäus" nennt ferner Plato seine Materie eine „bildsame Masse" [16]), dann „die Mutter und den (mütterlichen) Schoß alles sinnlich Wahrnehmbaren" [17]). Solcher Ausdrücke hätte sich Plato nicht einmal in bildlicher Sprachweise bedienen können, wenn er unter dem Stoffe zur Einbildung der Ideen ein bloßes Nichts oder den leeren Raum verstanden hätte. — In der nemlichen Stelle, in welcher von Aristoteles dem Plato die Verwechslung der Materie und des Raumes vorgeworfen wird [18]), ist ferner angeführt, daß Plato

---

12) Böckh: „Ueber die Bildung der Weltseele im Timäus des Platon" (in Daub's und Kreuzer's „Studien" Bd. III S. 26 u. f.)

13) Οὐσίαι τε καὶ χωρισταί, οὐσίαι χωρὶς τῶν πραγμάτων, παρὰ τὰ αἰσθητά. Metaph. I cap. 9. § 22, III cap. 2. § 23, VII cap. 14 § 1, XIII cap. 4. § 9. — Ethic. Nicom. I cap. 4.

14) In seinen „Platonischen Studien" S. 212 u. 258.

15) „Die Philosophie der Griechen" II Aufl. Bd. I S. 484.

16) p. 50 c: ἐκμαγεῖον.

17) p. 51 a: πάντως αἰσθητοῦ μητέρα καὶ ὑποδοχήν.

18) Note 11.

die Materie in seinen mündlichen Vorträgen an.bers erklärt habe [19]). Worin die Verschiedenheit der Erklärungen im „Ti=mäus" und in den mündlichen Vorträgen bestand, ersehen wir aus anderen Stellen des Aristoteles [20]) und dessen Commentatoren Alexander, Simplizius, Themistius und Philoponus. Hieraus ergibt sich, daß Plato in seinen mündlichen Vorträgen das nem=liche Prinzip, welches schon bei den Pythagoreern als „Unbegrenz=tes" (ἄπειρον) vorkommt [21]), τὸ μέγα καὶ τὸ μικρόν nannte, und von diesem sagt Aristoteles ausdrücklich, daß Plato dasselbe gleich den Pythagoreern als etwas Wesenhaftes betrachtet habe [22]). — Auf ähnliche Weise wie Aristoteles [23]) unterscheidet endlich auch Plato in seiner Lehre vom Werden die Materie als ein Element des Werdens [24]) von dem, was das Werdende wird [25]). In dieser Eigenschaft ist die Materie nicht mehr als leerer Raum, sondern vielmehr als eine den Raum er=füllende Ursache oder als eine jener mitwirkenden Ur=sachen zu denken, von welchen es im „Timäus" heißt, daß sich Gott ihrer bediene, um die Idee des Besten möglichst zur Vollen=dung zu bringen [26]). Sie ist dazu bestimmt, alle möglichen For=men zur abbildlichen Darstellung der Ideen in sich aufzunehmen.

---

19) ἄλλον δὲ τρόπον ἐκεῖ (ἐν τῷ Τιμαίῳ) τε λέγων τὸ μεταληπτικὸν καὶ ἐν τοῖς λεγομένοις ἀγράφοις δόγμασιν.

20) Metaph. I cap. 6 u. XIV cap. 1 u. 3.

21) Vgl. des Verfassers „Wissenschaft des Wissens ꝛc." Bd. I S. 315.

22) Phys. III cap. 4: οἱ μὲν, ὥσπερ οἱ Πυθαγόρειοι καὶ Πλάτων, καθ' αὑτό, οὐχ ὡς συμβεβηκός τινι ἑτέρῳ, ἀλλ' ὡς οὐσίαν αὐτὸ ὂν τὸ ἄπειρον (τιθέασι). — Vgl. auch Metaph. XIV cap. 2. §. 22.

23) Vgl. des Verfassers „Wissenschaft des Wissens ꝛc." Bd. I S. 348 u. 349. Note 8 u. 9.

24) Tim. p. 50 c: τὸ ἐν ᾧ (τὸ γιγνόμενον) γίγνεται. — Wenn Böckh (a. a. O.) deshalb Anstand nimmt, die platonische Materie für mehr als den bloßen Raum zu halten, weil Plato hier statt des aristotelischen ἐξ οὗ den Ausdruck ἐν ᾧ gebraucht, so ist zu bedenken, daß Plato den Ideen ein Auf=nahmsfähiges (μεταληπτικόν) ebensowenig als ein ἐν ᾧ wie als ein ἐξ οὗ hätte entgegensetzen können, wenn er darunter ein ganz und gar Nichtseyendes be=griffen hätte. — Vgl. Parmenid. p. 188 a—b. — Diese beiden Ausdrücke entsprechen vollkommen den verschiedenen Anschauungen des Plato und des Aristoteles vom Werden. Diesem erscheint es als ein Uebergang a potentia ad actum, und darum ist ihm die Materie ein ἐξ οὗ. Jener findet im Wer=den eine Abbildung der Ideen; darum nennt er die Materie ein ἐν ᾧ.

25) L. c: τὸ ὅθεν ἀφομοιούμενον φύεται τὸ γιγνόμενον.

26) p. 46 c: οἷς θεὸς ὑπηρετοῦσι χρῆται τὴν τοῦ ἀρίστου κατὰ τὸ δυνατὸν ἰδέαν ἀποτελεῖν.

Dazu, sagt Plato, ist sie nur dann geeignet, wenn sie für sich selbst jeder Form entbehrt[27]). — Schon Brandis hat darauf aufmerksam gemacht, wie sich der von Zeller gefundene Wider= spruch durch die Annahme lösen lasse, Plato habe seinen form= und bestimmungslosen Urstoff zwar nicht als ein Für=sich=Seyen= des, wohl aber als ein unter dem Einflusse der Ideen sich im Wechsel der Formen immer Verwirklichendes gedacht[28]). Plato hat dasjenige, was von seinen Auslegern die „platonische Mate= rie" genannt wurde, selbst niemals Materie genannt. Der Aus= druck ἐκμαγεῖον, dessen er sich einmal[29]) hiefür bedient, hat offen= bar nur eine bildliche Bedeutung. Erst Aristoteles war es, der hiefür diese Benennung aufbrachte[30]). Faßt man alle Merkmale, welche Plato davon angegeben hat, zusammen, so zeigt · sich uns darin unverkennbar ein bestimmbares Element des Werdens.

Nach der Darstellung im „Timäus" ist indessen dieses Ele= ment bloß eine Ursache des Werdens der sinnlichen Dinge, welche, — gleichsam in der Mitte schwebend zwischen dem wahr= haften Seyn der Ideen und dem für sich nicht=seyenden und nur durch den Einfluß der Ideen sich in diesen Dingen verwirklichen= den stofflichen Elemente, — niemals zu einem eigentlichen Seyn gelangen können, sondern immer nur im Werden begriffen sind. Auf diesem Werden beruht der Wechsel und die Wandelbarkeit der sinnlichen Dinge. Das stoffliche Element enthält daher den Grund nicht bloß der Räumlichkeit, sondern auch der Zeit= lichkeit dieser Dinge. Plato nennt sie ein mit den Ideen Gleichnamiges (ὁμώνυμον) und Aehnliches (ὅμοιον)[31]). Sie unter= scheiden sich aber von diesen durch ihr Räumliches und Zeitliches.

---

27) L. c. p. 50 e: ὅμοιον γὰρ ὂν τῶν ἐπεισιόντων τινὶ τὰ τῆς ἐναντίας τά τε τῆς τὸ παράπαν ἄλλης φύσεως, ὁπότ᾽ ἔλθοι, δεχόμενον κακῶς ἂν ἀφομοιοῖ, τὴν αὑτοῦ παρεμφαῖνον ὄψιν. διὸ καὶ πάντων ἐκτὸς εἰδῶν εἶναι χρεὼν τὸ τὰ πάντα ἐκδεξόμενον ἐν αὑτῷ γένη.

28) „Handbuch der Geschichte der griechisch=römischen Philosophie." Th. II. 1844. S. 305. — Vgl. auch Brandis: „Diatribe academica de perditis Aristotelis libris de ideis et de bono sive philosophica." 1823. p. 38, wo es heißt: „Neque sane Platoni materia quidquam fuit nisi mera vir= tus qualitates et quantitates in se recipiendi.

29) Vgl. Note 16.

30) Er heißt sie „unkörperliche Materie" (ὕλη ἀσώματος). **Metaph.** I cap. 7 § 2.

31) p. 52 a.

Beides ist dasjenige, was nicht auf ihrer Theilnahme an den Ideen beruht, folglich auch nicht mehr zu ihrem Seyn, sondern nur zu ihrer Erscheinung gehört. Rechnen wir nun alles Räumliche und Zeitliche von den sinnlich wahrnehmbaren Dingen hinweg, so bleibt uns von ihnen nichts mehr, als ihre immateriellen, von Raum und Zeit unabhängigen Begriffe [32]).

Die Ideen sind also die Begriffe der Dinge. Plato definirt sie selbst als solche, indem er sie als das Gemeinschaftliche gleichartiger Dinge bezeichnet [33]), und sie Einheiten (ἑνάδες, μονάδες) solcher Dinge nennt [34]). Das Verhältniß der Ideen zu einander ist das der Unterordnung des Besondern unter das Allgemeine. Im „Phädon" wird umständlich erörtert, wie die untergeordneten Ideen von den übergeordneten in der Art beherrscht werden, daß jede Idee alle ihr entgegengesetzten Bestimmungen nicht bloß in sich selbst, sondern auch in den ihr untergebenen ausschließt [35]). Im „Phädrus" lehrt Plato die Bestimmung der Begriffe durch die Methoden der Zusammenfassungen (τῶν συναγωγῶν) und der Theilungen (τῶν διαιρέσεων) [36]). In der geschickten Anwendung dieser Methoden besteht die dialektische Kunst [37]). Die höchste Idee, welcher alle übrigen untergeordnet sind, ist die des Guten (ἡ τοῦ ἀγαθοῦ ἰδέα) [38]). Von dieser abwärts verbreitet sich das Reich der Ideen durch alle Gattungen und Arten der Dinge. Von Allem gibt es eine Idee. Selbst Tisch und Bett, Haar, Koth und Schmutz will Plato nicht davon ausgenommen wissen [39]). Die Ideenwelt erreicht, wie Zeller [40]) sagt, erst da ihre Grenze, wo alle Gleichförmigkeit der Erscheinungen aufhört und die Einheit des Begriffes in die begrifflose Vielheit der einzelnen Dinge zerfällt.

Unter den Begriffen denkt man sich gewöhnlich Vorstellungen welche durch Abstraktion des Ungleichen aus gleichartigen Vor-

---

32) Vgl. des Verfassers „Wissenschaft des Wissens ꝛc." Bd. I S. 320.

33) Phaedon Cap. 49.

34) Phileb. p. 15 a, b. — Phaedon Cap. 25. — De republ. VI p. 493 e.

35) Phaedon Cap. 52 u. 53.

36) Phaedr. p. 265 u. 277. — Vgl. auch Phileb. p. 16 d.

37) Phaedr. p. 266. — Sophist. p. 253.

38) De republ. VI p. 505 a.

39) L. c. X p. 596 b. — Parmenid. p. 130 c.

40) „Die Philosophie der Griechen." II Aufl. Bd. II S. 442.

stellungen abgeleitet sind. Nun besteht aber das Eigenthümliche der Ideen im platonischen Sinne gerade darin, daß diese nicht auf solche Weise abgeleitet seyn sollen. Plato stellt keineswegs in Abrede, daß wir von der sinnlichen Anschauung ausgehend zur Erkenntniß der Ideen gelangen können[41]). Ja er bezeichnet sogar diesen Weg als den gewöhnlichen und der sinnlichen Natur des Menschen entsprechenden, hebt aber immer mit dem größten Nachdrucke hervor, daß dieses nicht der wahre und ursprüngliche Weg zur Ideenkenntniß sey, sondern daß der Ableitung der Begriffe aus der sinnlichen Anschauung immer schon eine gewisse Kenntniß der Ideen in uns vorausgehen müsse[42]), und daß eine reine Ideenerkenntniß überhaupt nicht aus sinnlichen Wahrnehmungen, sondern nur dann zu erlangen sey, wenn das Denken sich von jeder Sinneswahrnehmung zurückzieht und in sich selbst vertieft[43]). Jeder Mensch besitzt in seiner Seele ein Organ, wodurch er, wenn er sich vom Sinnlichen abwendet, der Erkenntniß der höchsten Idee theilhaftig werden kann[44]). Diese Erkenntniß ist das Ziel der Dialektik und auf keinem andern Wege zu erreichen[45]). Die Erkenntniß der Ideen ist daher eine reine, von der Erfahrung unabhängige und zugleich voraussetzungslose, aus einem an sich gewissen und uns ursprünglich inwohnenden Grunde durch das reine Denken sich entwickelnde Vernunfterkenntniß (νόησις) und verdient allein wahre Wissenschaft (ἐπιστήμη im Gegensatze zur διάνοια) genannt zu wer-

---

41) Phaedr. p. 249: δεῖ γὰρ ἄνθρωπον ξυνιέναι κατ' εἶδος λεγόμενον, ἐκ πολλῶν ἰὸν αἰσθήσεων εἰς ἓν λογισμῷ ξυναιρούμενον.

42) L. c. — Phaedon cap. 9, 18—20. — De republ. VI p. 507 b, VII p. 518 b. c. p. 532 a.

43) Theaet. p. 185 d: μοι δοκεῖ τὴν ἀρχὴν οὐδ' εἶναι τοιοῦτον οὐδὲν τούτοις ὄργανον ἴδιον, ... ἀλλ' αὐτὴ δι' αὑτῆς ἡ ψυχὴ τὰ κοινά μοι φαίνεται περὶ πάντων ἐπισκοπεῖν. — Phaedr. p. 247: ἡ γὰρ ἀχρώματός τε καὶ ἀσχημάτιστος καὶ ἀναφὴς οὐσία ὄντως οὖσα ψυχῆς κυβερνήτῃ μόνῳ θεατὴ νῷ χρῆται. — Vgl. auch § 7. Note 13.

44) De republ. VII p. 518 c: Ὁ δέ γε νῦν λόγος ... σημαίνει, ταύτην τὴν ἐνοῦσαν ἑκάστου δύναμιν ἐν τῇ ψυχῇ καὶ τὸ ὄργανον, ᾧ καταμανθάνει ἕκαστος, οἷον εἰ ὄμμα μὴ δυνατὸν ἦν ἄλλως ἢ ξὺν ὅλῳ τῷ σώματι στρέφειν πρὸς τὸ φανὸν ἐκ τοῦ σκοτώδους, οὕτω ξὺν ὅλῃ τῇ ψυχῇ ἐκ τοῦ γιγνομένου περιακτέον εἶναι, ἕως ἂν εἰς τὸ ὂν καὶ τοῦ ὄντος τὸ φανότατον δυνατὴ γένηται ἀνασχέσθαι θεωμένη· τοῦτο δ' εἶναι φαμεν τἀγαθόν.

45) L. c. p. 532 a u. b, p. 533 a.

ben, während jede nicht auf diese Weise entwickelte Erkenntniß nur ein bedingtes Wissen enthält[46]).

Die Ideen unterscheiden sich ferner von den sinnlichen Dingen dadurch, daß sie nicht, wie diese, im Raume existiren. Nach platonischer Lehre sollten sie aber doch außer diesen existiren. Plato spricht sogar einmal in seiner gewohnten poetischen Ausdrucksweise von einem „überhimmlischen Orte," wo sie von den Seelen geschaut werden[47]). Außer dem Raume gibt es aber keine andere Weise zu existiren, als eine geistige. Die Ideen müssen also, wie schon Trendelenburg bemerkte, nothwendig in einem Geiste existiren[48]). Hiemit stimmt auch Aristoteles überein, welcher deshalb die Seele einen „Ort der Ideen" nennt[49]). Nun unterscheidet aber Plato selbst einen zweifachen Geist, einen menschlichen und einen göttlichen[50]). Für den letzteren weiß er überhaupt keinen andern Gegenstand des Denkens als die Ideen[51]). Sie sind Inhalt der göttlichen Wissenschaft (αὑτῆς ἐπιστήμης)[52]), und müssen es seyn, weil der göttliche Geist ohne Wissenschaft von ihnen bei der Weltschöpfung sie nicht dem stofflichen Elemente hätte einbilden können. Die Ausdrücke, deren sich Plato im „Timäus" bei der Weltschöpfung bedient, zeigen jedoch an, daß er

---

46) L. c. VI p. 511 b—e, VII p. 533 c—e. — Phaedon Cap. 49. p. 101 d u. e. — Vgl. Bd. I § 8. Note 3. — Nach diesen und den in den Noten 42 bis 45 angeführten Stellen kann sicherlich keine Rede davon seyn, daß Plato, wie Michelis (a. a. O. I S. 172) meint, eine „Loßschälung des rein objektiven Momentes der Erkenntniß, aus den subjektiven Elementen," worin die menschliche Erkenntniß befangen sey, beabsichtiget habe. Durch eine solche Loßschälung wäre die Ideenwelt für die menschliche Vernunft völlig unerreichbar geworden. Die von Plato gelehrte Methode des reinen Denkens ist nicht vom Subjektiven hinweg auf das Objektive, sondern vielmehr umgekehrt vom Objektiven hinweg auf das Subjektive gerichtet, um in diesem selbst den Grund des Objektiven zu entdecken.

47) Phaedr. p. 247: ὑπερουράνιον τόπον.

48) „Platonis de ideis et nummeris doctrina ex Aristotele illustrata." 1826 pag. 45: Itaque si sunt ideae a rebus sejunctae nec tamen alicubi extra eas positae: nihil restat, nisi ut menti insint eique obversentur, ita tamen, ut in ea non rebus genitae et ex his haustae sint, sed praeter res et ante res conceptae tanquam divina rerum exemplaria.

49) De anima III cap. 4. § 4: εὖ δὴ οἱ λέγοντες τὴν ψυχὴν εἶναι τόπον εἰδῶν etc.

50) Phileb. p. 22 c.

51) Phaedr. p. 247.

52) Parmenid. p. 134 b.

sich unter den Ideen, welche der Demiurg dem stofflichen Ele=
mente einbildete, keine abstrakten Begriffe, sondern eine den Stoff
bewältigende, formgebende Macht vorstellte[53]). In einer anderen
Stelle[54]) wird ferner alles Vermögen der vernünftigen wie der
vernunftlosen Geschöpfe auf die Ideen[55]) zurückgeführt und diesen
die Benennung „δυνάμεις‟ gegeben, worunter offenbar nicht bloße
Möglichkeiten, sondern, wie Zeller[56]) mit Recht gegen Deuschle
bemerkt, wirkliche Kräfte oder Mächte zu verstehen sind.

Die Ideen sind also zugleich göttliche Gedanken und als
solche schaffende Mächte, welche die Dinge hervorbringen,
mithin die Gründe des Entstehens der Dinge (causae essendi)
und eben darum auch die Gründe ihrer Erkenntniß (rationes
cognoscendi). Da nun die Ideen von uns nur im reinen Den=
ken erkannt werden können, so hat die menschliche Wissenschaft
ihren Grund in dem Vermögen der menschlichen Vernunft, sich
der Ideen auf ursprüngliche und unmittelbare Weise bewußt zu
werden. Dieses Vermögen ist indessen bei Plato nur eine dog=
matische Annahme. Ueber das Verhältniß der menschlichen
Vernunft zur Ideenwelt, woraus allein ein solches Vermögen
begriffen werden könnte, vermag er uns keinen Aufschluß zu geben.

II

Die Ideen nach den mündlichen Vorträgen Platos oder die platonische Zahlenlehre.

1. Im Allgemeinen.

Einen tieferen Einblick in das großartige System der plato=
nischen Ideenlehre erhalten wir aus dem, was uns noch von den
mündlichen Vorträgen Platos aufbewahrt ist[1]).

Nach der Darstellung im „Timäus‟ möchte man glauben,
Plato habe die Ideen dem Stoffe gegenüber und gleich diesem

---

53) p. 28 a: ὅτου μὲν οὖν ἂν ὁ δημιουργὸς πρὸς τὸ κατὰ ταὐτὰ ἔχον
βλέπων ἀεί, τοιούτῳ τινὶ προσχρώμενος παραδείγματι, τὴν ἰδέαν καὶ δύναμιν
αὐτοῦ ἀπεργάζηται.

54) De republ. V p. 477 c.

55) γένος τι τῶν ὄντων.

56) „Die Philosophie der Griechen‟ II Aufl. Bd. II S. 437. Note 1.

1) Gesammelt von Brandis in seiner § 76 Note 28. angeführten
„Diatribe etc.‟

als ein letztes und einfaches Element des Werdens betrach=
tet. Aus den Bruchstücken seiner mündlichen Vorträge ergibt sich
aber, daß dieses nicht der Fall war, sondern daß er die Ideen
selbst wieder aus Elementen ableitete. Unter diesen findet sich
namentlich wieder jenes stoffartige Element, welches er im
Philebus ἄπειρον nannte, und von dem auch im „Parmenides"
an mehreren Stellen die Rede ist. Es erscheint in den münd=
lichen Vorträgen, wie schon erwähnt, unter dem Namen: „τὸ μέγα
καὶ τὸ μικρόν," woburch die in ihm gelegene Möglichkeit, nicht
bloß der bei der Bestimmung an ihm hervortretenden Gegensätze,
sondern auch des Fortschreitens dieser Gegensätze in's Unendliche
bei weiterer Bestimmung ausgedrückt ist. Es heißt ferner auch
δυάς, — nach der Bezeichnung des Aristoteles[2]) ἀόριστος δυάς,
— weil seine der Bestimmung sich darbietende unendliche Bestimm=
barkeit den Grund der Vielheit bildet, welche schon mit der Zwei=
heit beginnt und sich von da aus weiter entwickelt. Den Gegen=
satz hiezu bildet die „Einheit" (τὸ ἕν), worunter Plato, wie
weiter unten näher gezeigt werden wird, theils ein Element
der Ideen, theils die höchste Idee verstand, welche er in seinen
Dialogen als τἀγαθόν (die Gottheit) bezeichnete. Aus dem Zu=
sammenwirken des ἕν (als Element) und der δυάς sollten die
Ideen als Zahlen hervorgehen[3]).

Ueber die Zahlenlehre, welche Plato erst später aus seiner
Ideenlehre entwickelt zu haben scheint[4]), geben uns die hierüber
noch vorhandenen Quellen nur einen sehr geringen Aufschluß.
Auch Brandis vermochte durch seine gründliche Forschung[5])
nur zu einem spärlichen Resultate zu gelangen und sah sich ge=
nöthiget, die Lücken in demselben durch Vermuthungen zu ergän=
zen. Das Wenige, was sich aus den Quellen nachweisen läßt
und darum als sicher angenommen werden kann, dürfte in fol=
genden Punkten bestehen:

---

2) Metaph. XIII cap. 8 § 25, XIV cap. 2 § 17 u. cap. 3 § 19.

3) ἐπεὶ δ' αἴτια τὰ εἴδη τοῖς ἄλλοις, τἀκείνων στοιχεῖα πάντων ᾠήθη τῶν
ὄντων εἶναι στοιχεῖα. ὡς μὲν οὖν ὕλην τὸ μέγα καὶ τὸ μικρὸν εἶναι ἀρχάς, ὡς
δ' οὐσίαν τὸ ἕν· ἐξ ἐκείνων γὰρ κατὰ μέθεξιν τοῦ ἑνὸς τὰ εἴδη εἶναι τοὺς ἀριθμούς.
Metaph. I cap. 6 § 7 u. 8. vgl. XIII cap. 7 § 6. u. XIV cap. 3 § 19.

4) Vgl. Aristot. l. c. XIII cap. 4.

5) „Diatribe." p. 21. et sequ. — „Rheinisches Museum für Philologie,
Geschichte und griechische Philosophie" von Niebuhr und Brandis. II Jahrg.
1828. S. 558 2c. — „Handbuch der Geschichte der griechisch=röm. Philoso=
phie." Th. II. 1. Abth. S. 307. 2c.

1) Plato lehrte nach dem bestimmten Ausspruche des Aristoteles, daß die Ideen Zahlen seyen. — ἐξ ἐκείνων (sc. τοῦ μεγάλου καὶ μικροῦ) γὰρ κατὰ μέθεξιν τοῦ ἑνὸς τὰ εἴδη εἶναι τοὺς ἀριθμούς [6]). — Trendelenburg faßte in diesem Satze ἀριθμούς als das Subjekt, τὰ εἴδη als das Prädikat auf und brachte auf diese Weise den Sinn heraus, als habe Plato die Zahlen zu Ideen gemacht [7]). Diese Ansicht ist jedoch bereits von Zeller [8]) und Schwegler [9]) so vollständig widerlegt worden, daß es genügt, hierauf hinzuweisen. — Zeller hält es ferner für möglich, daß Aristoteles sich durch das Vorwalten seiner eigenen Anschauungsweise eine Umstellung des von Plato angegebenen Verhältnisses zwischen den Ideen und den Idealzahlen habe zu Schulden kommen lassen. Dem Plato seyen die Ideen das Erste und die Zahlen das Abgeleitete; Aristoteles gehe hingegen nach seiner durchgängigen Richtung auf konkrete Bestimmtheit von den Zahlen als dem Bekannteren aus, und suche den Begriff der Idee durch den der Zahl zu erklären. Jenem seyen die Zahlen „depotenzirte Ideen," diesem die Ideen „sublimirte Zahlen." — Allein auch zu einer solchen Unterscheidung findet sich bei Aristoteles kein genügender Anlaß [10]). Die vielen von Zeller selbst [11]) und Schwegler [12]) gesammelten Stellen enthalten eben nur die einfache Bestätigung, daß die Ideen nach platonischer Lehre schlechthin, als solche, Zahlen seyen. Aristoteles bemerkt endlich ausdrücklich, daß die Zahlen aus den nemlichen Elementen wie die Ideen entstehen, und daß diese weder früher noch später anzunehmen seyen als jene [13]). — Die Ideen sind also gera-

---

6) Metaph. I cap. 6 § 8. — Alexander bemerkt hiezu in seinem Commentar: „ἐξ ἐκείνων," — τουτέστι τοῦ μεγάλου καὶ μικροῦ, συνιόντων καὶ εἰδοποιουμένων ὑπὸ τοῦ ἑνός· — „κατὰ μέθεξιν," — τουτέστι τῷ μεταλαμβάνειν αὐτοῦ, τὰ εἴδη εἶναι, τουτέστι τὰς ἰδέας, αἵτινες καὶ αὐταὶ ἀριθμοί εἰσιν.

7) „Platonis de ideis etc." p. 69.

8) „Platonische Studien" S. 235 Note 2.

9) Commentar zur Metaphysik des Aristoteles Bd. III S. 62.

10) A. a. O. S. 263.

11) A. a. O. S. 236—237.

12) A. a. O. S. 263.

13) Metaph. XIII cap. 7 § 6: εἰ δὲ μή εἰσιν ἀριθμοὶ αἱ ἰδέαι, οὐδ' ὅλως οἷόν τε αὐτὰς εἶναι· ἐκ τίνων γὰρ ἔσονται ἀρχῶν αἱ ἰδέαι; ὁ γὰρ ἀριθμός ἐστιν ἐκ τοῦ ἑνὸς καὶ τῆς δυάδος τῆς ἀορίστου, καὶ αἱ ἀρχαὶ καὶ τὰ στοιχεῖα λέγονται τοῦ ἀριθμοῦ εἶναι, τάξαι τε οὔτε προτέρας ἐνδέχεται τῶν ἀριθμῶν αὐτὰς οὔθ' ὑστέρας.

dazu als Eines und Dasselbe mit den Idealzahlen bezeichnet, und wollte man die klaren und bestimmten Worte in einem anderen Sinne nehmen, so müßte man dem Aristoteles nicht bloß eine ungenaue Darstellung, sondern eine absichtliche Entstellung der platonischen Lehre zur Last legen, wozu man sich doch nicht wohl wird entschließen können. — Hiemit stimmen auch die entschiedenen Aussprüche bei Alexander, Themistius und Simplicius[14]) überein.

Eine andere, bisher zweifelhafte Frage ist dagegen, wie man den Satz, daß die Ideen Zahlen seyen, zu verstehen habe, oder auf welche Weise sich Plato die Ideen als Zahlen wohl gedacht haben möge. — Zeller hält die Zahlen nur für Symbole der Ideen, bei denen gerade von dem, was den Charakter der Zahl ausmacht, abstrahirt werden müsse, um ihre ideale Bedeutung zu erfassen[15]). Allein das Symbol kann immer nur dazu dienen, den Sinn einer Sache durch Bilder anzudeuten. Es entstünde daher die Frage, was denn Plato durch die Zahlen an den Ideen habe versinnlichen wollen. Hat er in den Ideen etwas Zählbares gefunden, so bedurfte er der Zahlen nicht als Symbole, sondern er konnte sie im eigentlichen Sinne darauf anwenden. Sollten wir aber von den Zahlen erst noch ihren mathematischen Charakter als Quantitätsbestimmungen zählbarer Dinge hinwegzunehmen haben, um sie als Symbole auf die Ideen anwenden zu können, so hätte man vor Allem zu erklären, was denn nach dieser Hinwegnahme noch übrig bliebe und als Bild auf etwas Anderes, das für sich weder Zahl noch Zählbares ist, bezogen werden könnte. — Auch Brandis glaubt, daß dem Plato „von den Zahlenmerkmalen nur die Abfolge," und auch diese „nur begrifflich gefaßt" übrig geblieben sey, worin ihre Wesenheit unmöglich habe aufgehen können[16]). — Endlich Bonitz meint, so wie Plato die Zahlen auf die Ideen anwendete, habe derselbe den Begriff der Zahlen gänzlich aufgehoben[17]).

2) Plato unterschied ferner die Ideen als Zahlen (Idealzahlen, ἀριθμοὺς εἰδητικούς) von den mathematischen Zahlen

---

14) Brandis, „Diatribe etc." p. 24. 29 u. 31.

15) A. a. O. S. 263 u. 298.

16) In seinem „Handbuche der Geschichte der gr.-röm. Philosophie" II. Th. 1. Abth. S. 318. Vgl. „Rheinisches Museum ꝛc." a. a. O. S. 569, 578 u. 584.

17) „Aristotelis Metaphysica" P. II 1849 pag. 540.

Platonische Ideenlehre.   2

18

(ἀριθμοῖς μαθηματικοῖς). Die Idealzahlen sollten aus dem ur=
sprünglichen Zusammenwirken der Elemente entstehen und, wie
bereits erwähnt, mit den Ideen selbst Eines und das Nemliche
seyn, die mathematischen Zahlen dagegen zwischen den Ideen und
den sinnlichen Dingen in der Mitte stehen[18]). Die Idealzahlen
unterscheiden sich von den mathematischen dadurch, daß, während
letztere aus gleichartigen Einheiten bestehen und deshalb be=
liebig unter sich zu höheren Zahlen verbunden werden können,
von jenen jede einzig in ihrer Art ist und daher die Ideal=
zahlen unter sich unvereinbar (ἀσύμβλητοι) sind[19].

3) Betrachten wir ferner die Elemente der Idealzahlen, so
kann es keinem Zweifel unterliegen, daß Plato durch das ἕν ein
bestimmendes und durch die δυάς ein bestimmbares Ele=
ment ausdrücken wollte. Seine Zahlenlehre ist offenbar der py=
thagoreischen Zahlenlehre nachgebildet. Die Verwandtschaft bei=
der Lehren hat nicht bloß Aristoteles[20]) angedeutet, sondern sie
verräth sich außerdem noch aus vielfachen Analogien. Auch in
der pythag. Zahlenlehre finden wir das bestimmende Element
(τὰ περαίνοντα) mit dem Ausdrucke τὸ ἕν bezeichnet und dem

---

18) Aristot. Metaph. I cap. 6 § 6 u. 11. — XI cap. 1 § 12. —
XIII cap. 9 § 23. u. 25. — XIV cap. 3 § 16—18.

19) Metaph. I cap. 6 § 6: ἔτι δὲ παρὰ τὰ αἰσθητὰ καὶ τὰ εἴδη τὰ
μαθηματικὰ τῶν πραγμάτων εἶναί φησι (sc. Πλάτων) μεταξύ, διαφέροντα τῶν μὲν
αἰσθητῶν τῷ ἀΐδια καὶ ἀκίνητα εἶναι, τῶν δ᾽ εἰδῶν τῷ τὰ μὲν πολλ᾽ ἄττα ὅμοια
εἶναι τὸ δ᾽ εἶδος αὐτὸ ἓν ἕκαστον μόνον. — XIII cap. 6 § 8—7:
ἢ εὐθὺς ἐφεξῆς πᾶσαι καὶ συμβληταὶ ὁποιαιοῦν ὁποιαισοῦν, οἷον λέγουσιν
εἶναι τὸν μαθηματικὸν ἀριθμόν· ἐν γὰρ τῷ μαθηματικῷ οὐδὲν διαφέρει οὐδε-
μία μονὰς ἑτέρα ἑτέρας. ἢ τὰς μὲν συμβλητὰς τὰς δὲ μή, οἷον εἰ ἔστι μετὰ τὸ
ἓν πρώτη ἡ δυάς, ἔπειτα ἡ τριὰς καὶ οὕτω δὴ ὁ ἄλλος ἀριθμός. εἰσὶ δὲ συμβληταὶ αἱ ἐν ἑκάστῳ ἀριθμῷ μονάδες, οἷον αἱ ἐν τῇ δυάδι τῇ πρώτῃ αὑταῖς, καὶ ἐν
τῇ τριάδι τῇ πρώτῃ αὑταῖς, καὶ οὕτω δὴ ἐπὶ τῶν ἄλλων ἀριθμῶν· αἱ δ᾽ ἐν τῇ
δυάδι αὐτῇ πρὸς τὰς ἐν τῇ τριάδι αὐτῇ ἀσύμβλητοι. ὁμοίως δὲ καὶ ἐπὶ τῶν ἄλλων
ἐφεξῆς ἀριθμῶν. διὸ καὶ ὁ μὲν μαθηματικὸς ἀριθμεῖται μετὰ τὸ ἓν δύο, πρὸς
τῷ ἔμπροσθεν ἑνὶ ἄλλο ἕν, καὶ τὰ τρία πρὸς τοῖς δυσὶ τούτοις
ἄλλο ἕν, καὶ ὁ λοιπὸς δὲ ὡσαύτως· οὗτος δὲ μετὰ τὸ ἓν δύο ἕτερα ἄνευ
τοῦ ἑνὸς τοῦ πρώτου, καὶ ἡ τριὰς ἄνευ τῆς δυάδος, ὁμοίως δὲ καὶ
ὁ ἄλλος ἀριθμός. Ibid. cap. 8 § 12: εἰ δέ ἐστι τὸ ἓν ἀρχή, ἀνάγκη μᾶλλον,
ὥσπερ Πλάτων ἔλεγεν, ἔχειν τὰ περὶ τοὺς ἀριθμούς, καὶ εἶναί τινα δυάδα πρώτην
καὶ τριάδα, καὶ οὐ συμβλητοὺς εἶναι τοὺς ἀριθμοὺς πρὸς ἀλλήλους.
— XIV cap. 6 § 20: διαφέρουσι γὰρ ἐκεῖνοι (ἐν τοῖς εἴδεσιν ἀριθμοὶ)
ἀλλήλων οἱ ἴσοι εἴδει· καὶ γὰρ αἱ μονάδες.

20) Metaph. I cap. 6.

beſtimmbaren Elemente (bei Philolaos τὰ ἄπειρα genannt) ge=
genübergeſtellt[21]). Daß Plato unter der δυάς das in ſeinen
Dialogen als ἄπειρον bezeichnete beſtimmbare Element verſtand,
unterliegt nach den vielfachen von Brandis[22]) angeführ=
ten Zeugniſſen und im Hinblick auf dasjenige, was wir oben
über die platoniſche Materie erwähnt haben, keinem Zweifel.
Ariſtoteles ſagt ferner ausdrücklich, Plato habe bei den Ideen
ebenſo wie bei den ſinnlichen Dingen eine begriffliche und
materielle Urſache unterſchieden, und bei jenen verhalte ſich
das ἕν zur δυάς ebenſo wie bei dieſen die Ideen zur Mate=
rie[23]). — Die platoniſche Lehre enthält zwar inſoferne etwas von
der pythagoreiſchen Abweichendes, als Plato das beſtimmbare
Element durch einen Gegenſatz (τὸ μέγα καὶ τὸ μικρόν) ausdrückte,
weshalb Ariſtoteles in ſeiner Phyſik[24]) von der Annahme zweier
ἄπειρα und in ſeiner Metaphyſik[25]) von der Annahme dreier
Elemente ſpricht. Offenbar hat jedoch Plato damit das Unbe=
grenzte der Pythagoreer nicht aufgegeben oder mit anderen Ele=
menten vertauſcht, ſondern nur einen Ausdruck gewählt, wodurch
die eigenthümliche Natur dieſes Elementes näher bezeichnet wer=
den ſollte. Das Eigenthümliche des ἄπειρον beſteht nemlich darin,
daß es an ſich jeder Beſtimmung gegenüber, mag ſich ſolche auf
der Leiter der Unterſchiede des Großen und Kleinen auf und ab
bewegen, wie ſie will, immer noch als ein Uebertreffendes (ὑπερέχον)
und Uebertroffenes (ὑπερεχόμενον) oder als das ſchlechthin Große
und Kleine zugleich erſcheint[26]).

4) Die Idealzahlen, lehrte endlich Plato, entſtehen durch
Verbindung der beiden Elemente, des ἕν und der δυάς, wobei
ſich das letztere als materielles, das erſtere als formendes

---

21) Böckh: „Philolaos des Pythagoreers Lehren ꝛc." S. 51—54.

22) In ſeiner „Diatribe etc." p. 25 et sequ.

23) Metaph. I cap. 6 § 15—16: φανερὸν δ' ἐκ τῶν εἰρημένων ὅτι (Πλάτων) δυοῖν αἰτίαιν μόναιν κέχρηται, τῇ τε τοῦ τί ἐστι καὶ τῇ κατὰ τὴν
ὕλην· τὰ γὰρ εἴδη τοῦ τί ἐστιν αἴτια τοῖς ἄλλοις, τοῖς δ' εἴδεσι τὸ ἕν. καὶ τίς
ἡ ὕλη ἡ ὑποκειμένη, καθ' ἧς τὰ εἴδη μὲν ἐπὶ τῶν αἰσθητῶν τὸ δ' ἓν ἐν τοῖς εἴδεσι
λέγεται, ὅτι αὕτη δυάς ἐστι, τὸ μέγα καὶ τὸ μικρόν.

24) III cap. 6 § 6: Πλάτων διὰ τοῦτο ἄπειρα δύο ἐποίησεν, ὅτι καὶ ἐπὶ
τὴν αὔξησιν δοκεῖ ὑπερβάλλειν, καὶ εἰς ἄπειρον ἰέναι, καὶ ἐπὶ τὴν καθαίρεσιν.

25) XIV cap. 1 § 7: οἱ μὲν τὸ μέγα καὶ τὸ μικρὸν λέγοντες μετὰ τοῦ
ἑνός, τρία ταῦτα στοιχεῖα τῶν ἀριθμῶν τὰ μὲν δύο, ὕλην, τὸ δ' ἕν, τὴν μορφήν.

26) Trendelenburg: „Platonis de ideis etc." p. 48. — Brandis: „Diatribe etc." p. 24, 28, 33 u. 64.

Prinzip verhält [27]). Da sonach ihr Entstehen durch das Zusammenwirken beider Elemente bedingt ist, nennt sie Plato selbst im „Philebus" [28]) Erzeugnisse (γενέσεις), und führt an, wie durch Aufhebung der Gegensätze und Einsetzung des Ebenmaßes und der Uebereinstimmung bei der Verbindung der Elemente (τοῦ ἀπείρου καὶ τοῦ περατοειδοῦς) die Zahl hervorgebracht werde.

An diese mit hinlänglicher Sicherheit festgestellten Punkte sey es uns nun vergönnt, folgende Betrachtung zu knüpfen.

Entstehen die Ideen durch Verbindung eines bestimmbaren und eines bestimmenden Elementes, so müssen sie Produkte beider Elemente, sohin Bestimmungen seyn. Nun ist es aber nicht schwer, zu zeigen, daß alle Bestimmungen Zahlen sind und alle Verhältnisse der Bestimmungen sich auf Zahlenverhältnisse zurückführen lassen [29]). Jede Zahl ist das Ergebniß eines Zählens und jedes Zählen eine Handlung des Denkens, wodurch das Gezählte zur Einheit eines Gedankens verbunden wird. Von den zählbaren Dingen ist ein jedes für sich allein schon dadurch, daß es bloß existirt, also überhaupt bestimmt ist, ohne Rücksicht auf das, was es ist, oder als was es bestimmt ist, eine Zahl, ein Eins [30]). Jedes Ding kann ferner mit jedem anderen zusammengezählt werden, jedoch nur soweit beide gleichartig sind, und wenn wir ungleichartige Dinge zusammenzählen wollen, müssen wir von dem, was an ihnen ungleichartig ist, absehen. Wir können z. B. den Hund, den Raben und den Hecht nicht zusammenzählen, insoferne der erste zu den Säugethieren, der zweite zu den Vögeln und der dritte zu den Fischen gehört, sondern nur

---

27) Metaph. I cap. 6 § 8: ὡς μὲν οὖν ὕλην τὸ μέγα καὶ τὸ μικρὸν εἶναι ἀρχάς, ὡς δ' οὐσίαν τὸ ἕν· ἐξ ἐκείνων γὰρ κατὰ μέθεξιν τοῦ ἑνὸς τὰ εἴδη εἶναι τοὺς ἀριθμούς.

28) p. 25 d—e.

29) Beachtenswerth ist jene Stelle bei Philoponus zu Aristot. de anima I, 2. (Brandis: „Diatribe." p. 49), wo er eine Uebereinstimmung im Wesen der Ideen und Zahlen als den Grund angibt, warum Plato die Ideen Zahlen genannt habe. — ἀριθμοὺς μὲν οὖν ἐκάλουν (sc. Πλάτων καὶ οἱ Πυθαγόρειοι) τὰ εἴδη ἢ ὅτι ὥσπερ ὁ ἀριθμὸς μετρεῖ καὶ ὁρίζει τὰ ὑποκείμενα, οὕτω καὶ τὰ εἴδη μετρητικά ἐστι καὶ ὁριστικὰ τῆς ὕλης· ἀόριστον γὰρ οὖσαν καθ' αὐτὴν ἐγγενόμενα ἐν αὐτῇ ὁρίζει αὐτὴν καὶ περιγράφει· ἢ ὅτι ὥσπερ οἱ ἀριθμοὶ πάντες ἐκ μιᾶς εἰσὶν ἀρχῆς τῆς μονάδος παρηγμένοι, οὕτω καὶ τὰ εἴδη ἐκ τῆς μιᾶς τῶν πάντων ἀρχῆς παράγεται.

30) ἓν γὰρ ἕκαστον καθὸ τόδε τί ἐστι καὶ ὡρισμένον. Alexander ad Arist. Metaph. I cap. 6.

insoferne sie alle drei unter den gemeinsamen Begriff der Wirbel=
thiere fallen, und wollen wir mit ihnen die Fliege zusammen=
zählen, so können wir dieses nicht, insoférne wir jene zu den
Wirbelthieren und diese zu den Insekten rechnen, sondern nur
insoweit wir sie alle vier als Thiere überhaupt betrachten. An=
derseits müssen aber die zählbaren Dinge doch wieder unter sich
verschieden seyn, weil sie sonst alle in Eines zusammenfließen
würden. Die Zählbarkeit erfordert also ebensowohl gemein=
same wie verschiedene Bestimmungen.

Betrachten wir nun die Verhältnisse der gemeinsamen und
verschiedenen Bestimmungen, so finden wir in denselben eine
zweifache Reihenfolge, welcher auch verschiedene Zahlen=
reihen entsprechen müssen. Die eine, welche dadurch entsteht, daß
jede Bestimmung wieder neu bestimmt wird, nennen wir die von
oben nach abwärts steigende. Da aber im Herabsteigen
jede Bestimmung auf jeder folgenden Stufe verschiedenen
neuen Bestimmungen unterliegt, und hieburch die absteigende Rei=
henfolge sich in mehrere Linien verzweigt, so ergibt sich auf
jeder Stufe eine andere, die absteigenden Linien in horizonta=
ler Richtung durchschneidende Reihenfolge. Nehmen wir also
z. B. an, die Gattung A theile sich in die Arten B und C, B in
die Unterarten D, E und C in die Unterarten F, G,

so schreitet die Zahlenreihe nicht bloß nach der Stufenfolge der
Bestimmungen: A B D, A B E, A C F und A C G, sondern auch
auf jeder Stufe vermöge der Verschiedenheit der Bestimmungen:
B C und D E F G fort. Zählen wir auf einer bestimmten Stufe
die Produkte in der Horizontallinie zusammen, z. B. D E F G,
so erhalten wir Zahlen von gleichartigen Objekten, welche
nach aufgehobener Verschiedenheit ihrer Bestimmungen sämmtlich
unter einen gemeinschaftlichen Begriff (A) zusammengefaßt wer=
den können, — also mathematische Zahlen. Wenden wir
uns dagegen zu den absteigenden Linien, so haben wir es hier
mit lauter Produkten zu thun, welche zwar einander selbst, nicht
aber zusammen einem ihnen allen auf gleiche Weise übergeord=
neten Begriffe untergeordnet sind, sich also mathematisch nicht
zusammenrechnen lassen (ἀσύμβλητοι sind). Insoferne jedoch jedes
Produkt in einer solchen Reihe Bestimmungen enthält, welche

durch das göttliche Denken in ihm zur Einheit verbunden sind und sich nach abwärts von Stufe zu Stufe vermehren, ergibt sich auch hier eine Reihenfolge fortlaufender Zahlen, und diese sind es ohne Zweifel, welche Plato unter dem Ausdrucke „Ideal= zahlen" im Sinne hatte[31]).

2. Insbesondere

a) Die Idealzahlen.

Schon die Pythagoreer lehrten, daß das Wesen aller Dinge in Zahlen bestehe, und zwar, wie Zeller[1]) näher erörtert hat, nicht bloß in dem Sinne, daß die Zahlen das Urbild der Dinge, sondern auch, daß sie die Substanz derselben seyen, weshalb sie auch in den Zahlen den Grund aller Erkenntniß vom We= sen der Dinge suchten[2]). Aehnliches finden wir auch in der pla= tonischen Zahlenlehre, nur mit dem Unterschiede, wie Aristo= teles[3]) sagt, daß Plato die Zahlen von den sinnlichen Dingen trennte und dadurch zu der den Pythagoreern fremden Unter= scheidung der Idealzahlen und der mathematischen Zahlen gelangte. Aristoteles bemerkt hiebei ausdrücklich, Plato sey zu dieser Unter= scheidung durch die dialektische Untersuchung der Be= griffe gekommen, welche den älteren Philosophen noch unbe= kannt gewesen sey[4]). Die Methode, welche Plato hiebei befolgte, findet sich beschrieben im „Philebus" p. 16 c—e. Die Stelle lautet, wie folgt:

οἱ μὲν παλαιοί, κρείττονες ἡμῶν καὶ ἐγγυτέρω θεῶν οἰκοῦντες, ταύτην φήμην παρέδοσαν, ὡς ἐξ ἑνὸς μὲν καὶ ἐκ πολλῶν ὄντων τῶν ἀεὶ λεγομένων εἶναι, πέρας δὲ καὶ ἀπειρίαν ἐν αὐτοῖς ξύμφυτον

---

31) Auf ähnliche Weise scheint auch Erdmann in seinem neuen Werke: „Grundriß der Geschichte der Philosophie" Bd. I. 1866. S. 98, die Bedeu= tung der platon. Idealzahlen aufgefaßt zu haben.

1) „Die Philosophie der Griechen ꝛc." II. Aufl. Bd. I S. 250.

2) Böckh: „Philolaos ꝛc." S. 62 u. 140. — Brandis im Rheini= schen Museum a. a. O. S. 281.

3) Metaph. I cap. 6 § 10—12.

4) διὰ τὴν ἐν τοῖς λόγοις ἐγένετο σκέψιν (οἱ γὰρ πρότερον διαλεκτικῆς οὐ μετεῖχον).

ἐχόντων. δεῖν οὖν ἡμᾶς τούτων οὕτω διακεκοσμημένων ἀεὶ μίαν·
ἰδέαν περὶ παντὸς ἑκάστοτε θεμένους ζητεῖν. εὑρήσειν γὰρ ἐνοῦσαν·
ἐὰν οὖν μεταλάβωμεν, μετὰ μίαν δύο, εἴ πως εἰσί, σκοπεῖν, εἰ δὲ μή,
τρεῖς ἤ τινα ἄλλον ἀριθμόν, καὶ τῶν ἐν ἐκείνων ἕκαστον πάλιν
ὡσαύτως, μέχριπερ, ἂν τὸ κατ᾽ ἀρχὰς ἕν μὴ ὅτι ἓν καὶ πολλὰ καὶ
ἄπειρά ἐστι μόνον ἴδῃ τις, ἀλλὰ καὶ ὁπόσα· τὴν δὲ τοῦ ἀπείρου
ἰδέαν πρὸς τὸ πλῆθος μὴ προσφέρειν, πρὶν ἄν τις τὸν ἀριθμὸν
αὐτοῦ πάντα κατίδῃ τὸν μεταξὺ τοῦ ἀπείρου τε καὶ τοῦ
ἑνός· τότε δ᾽ ἤδη τὸ ἓν ἕκαστον τῶν πάντων εἰς τὸ ἄπειρον μεθέντα
χαίρειν ἐᾶν.

Die Alten, sagt er, welche besser als wir waren und den
Göttern näher wohnten, überlieferten uns folgenden Spruch:
Alles, von dem man sage, es sey, bestehe aus Einem und Vielen,
trage aber die Begrenztheit und Unbegrenztheit zusammengewach=
sen in sich. Dieser Einrichtung gemäß müßten wir also stets bei
Jeglichem eine Idee — (nemlich den Begriff der Gattung, zu
welcher das betreffende Ding gehört,) — aufsuchen. Man werde
sie (die Idee) darin enthalten finden. Nachdem wir diese eine
Idee erfaßt haben, müßten wir nach ihr zwei, wenn sie vorhan=
den sind[5]), außerdem drei oder irgend eine andere Zahl betrach=
ten, und von ihnen (nemlich den zwei, drei oder mehreren Ideen)
wieder auf gleiche Weise jede einzeln als Eins. (Nach der Auf=
findung des Gattungsbegriffes sind also die darin enthaltenen
Artbegriffe aufzusuchen, und jeder von diesen wieder als Gat=
tungseinheit in seine Artbegriffe zu theilen.) Mit dieser Ein=
theilung sey so lange fortzufahren, bis man erkannt hat, nicht
bloß daß das anfängliche Eins (der höchste Begriff der Gattung,
von welchem die Betrachtung ausging,) Eins und Vieles und Un=
endliches, sondern auch, wie Vieles es ist. (Der Gattungsbe=
griff ist „Eins" an sich selbst, „Vieles" in den ihm untergebe=
nen Arten und „Unendliches" in den einzelnen Dingen, in
welchen er zur sinnlich wahrnehmbaren Existenz gelangt). Die
Idee des Unendlichen soll aber nicht eher mit der Vielheit ver=
bunden werden, als bis man die gesammte Zahl der=
selben erkannt hat, welche zwischen dem Unendlichen

---

5) Um die Worte: δύο, εἴπως εἰσί gehörig zu verstehen, muß man wissen,
daß Plato die Zweitheilung als die gewöhnliche und regelmäßige Einthei=
lung der Begriffe betrachtete, — Polit. p. 262. — wie er auch im „Politikus"
und „Sophistes" mehrfach durch Beispiele erläuterte, obgleich er zugestand, daß
sie sich nicht überall in Anwendung bringen lasse. — Polit. p. 287.

und dem Einen in der Mitte liegt. (Das Unendliche ist durch keine bestimmte Zahl mehr zu erfassen. Die Vielheit schreitet von der Einheit des obersten Begriffes der Gattung nur solange in Zahlen fort, als noch Arten aufzufinden sind, welche noch weitere Bestimmungsunterschiede unter sich begreifen. Erst auf der untersten Linie der einzelnen Dinge hört mit den Begriffen die Zahl auf und tritt das Unendliche ein. Plato fordert nun, daß die Eintheilung bis zur Erschöpfung aller Arten fortgesetzt werde). Erst dann dürfe man jedes Eins von allen (d. h. jeden einzelnen aus der Theilung entstandenen Begriff) in das Unendliche entlaffen.

Er führt hierauf (p. 17. a.) insbesondere noch an, wie die Weise Genannten seiner Zeit dadurch Fehler begangen hätten, daß sie die Eintheilungen nicht erschöpften, sondern nur, wie es ihnen eben beigekommen, mehr oder minder unvollständig getheilt hätten und gar schnelle mit dem Unendlichen bei der Hand gewesen seyen. — Zum befferen Verständniffe wird dann (p. 18. a.) auch die der Theilung des Allgemeinen in das Besondere und Einzelne entgegengesetzte Methode der Zurückführung des Einzelnen und Besonderen auf das Allgemeine in der Begriffseinheit besprochen, und hier gleichfalls die Nothwendigkeit betont, von dem Unendlichen nicht sogleich auf das Eins überzugehen, sondern im geordneten Fortschritt durch die Mittelglieder zu demselben emporzusteigen[6]).

Wenden wir nun unsere Aufmerksamkeit auf die Worte: πρὶν ἄν τις τὸν ἀριθμὸν αὐτοῦ πάντα κατίδῃ τὸν μεταξὺ τοῦ ἀπείρου τε καὶ τοῦ ἑνός in der angeführten Stelle (p. 16. d.) — Plato sagt hier, man solle mit der Theilung solange fortfahren, bis man die gesammte Zahl der Vielheit erkannt hat, welche in der Mitte liegt zwischen dem Unendlichen und dem Einen. Was ist nun das für eine Zahl? — Die Zahl, in welche sich die Gattung durch Theilung in ihre Arten auflöst, wäre die mathematische Zahl. Diese kann Plato unmöglich gemeint haben; denn von ihr läßt sich nicht sagen, sie sey diejenige, welche zwischen dem Unendlichen und Einen in der Mitte

---

6) p. 18 a: ὥσπερ γὰρ ἓν ὁτιοῦν εἴ τις ποτὲ λάβοι, τοῦτον, ὥς φαμεν, οὐκ ἐπ' ἄπειρον φύσιν δεῖ βλέπειν εὐθὺς ἀλλ' ἐπί τινα ἀριθμόν, οὕτω καὶ τὸ ἐναντίον ὅταν τις τὸ ἄπειρον ἀναγκασθῇ πρῶτον λαμβάνειν, μὴ ἐπὶ τὸ ἓν εὐθὺς ἀλλ' ἐπ' ἀριθμόν αὖ τινα πλῆθος ἕκαστον ἔχοντά τι κατανοεῖν, τελευτᾶν τε ἐκ πάντων εἰς ἕν.

liegt. Je nach der Menge der Theilungen liegt ja zwischen bei=
den eine ganze Reihe solcher Zahlen z. B. bei fortgesetzter Zwei=
theilung: 2, 4, 8, 16 2c. Da diese Zahlen, weil sich in den Thei=
lungsgliedern kein gemeinschaftlicher Begriff für sie findet, nicht
mathematisch sich zusammenrechnen lassen, so kann auch ihre
Summe nicht die von Plato geforderte Zahl seyn, sondern wir
müssen nothwendig annehmen, daß Plato hier zweierlei Zah=
len im Sinne gehabt habe. Wenn nemlich vorher gesagt wurde,
es handle sich darum, herauszubringen, nicht bloß daß der an=
fängliche Begriff Eins, Vieles und Unendliches, sondern auch wie
Vieles (ὁπόσα) er sey, so konnte damit allerdings zunächst nur
die Zahl der Arten nach vollendeter Theilung gemeint seyn.
Unter der in der Mitte zwischen dem Unendlichen und dem Eins
gelegenen Zahl kann dagegen nur die den Theilungen entsprechende
Zahl der fortgesetzten Bestimmungen in der ab=stei=
genden Linie verstanden werden. Diese Bestimmungen sind
in den untersten Arten zu Einheiten unter sich verbunden. Ihre
Zahl ist die zwischen dem Eins und dem Unendlichen in der Mitte
liegende, und sohin die Idealzahl, durch welche die Erkenntniß des
Einzelnen vermittelt wird.

Diese Auslegung findet auch ihre Bestätigung in den von
Plato (p. 17 b—d.) gegebenen Beispielen. Hier sagt er, zu einem
Grammatiker genüge es nicht, bloß den Ton überhaupt (als Gat=
tungsbegriff) und in seiner unendlichen Vielheit (die unendliche
Möglichkeit verschiedener Töne) zu kennen, sondern er müsse wissen,
wieviel Töne (πόσα) es gebe und wie beschaffen (ὁποῖα) sie seyen —
(also die Zahl der Arten und die durch die Bestimmungen des
Gattungsbegriffes bedingten Qualitäten dieser Arten). Ebenso be=
dürfe der Musiker nicht bloß der Kenntniß davon, wieviele an Höhe
und Tiefe verschiedene Töne es gibt, sondern auch von ihrer Be=
schaffenheit, den Bestimmungen der Intervalle und wie aus diesen
die harmonischen Verbindungen entstehen. — Die Zahl jener Be=
stimmungen, von welchen die Art und Beschaffenheit des Einzelnen
abhängt, haben wir also zu erfassen, um weise zu werden. Die
unendliche Manigfaltigkeit der einzelnen Dinge sowie der Bestim=
mungen in den einzelnen Dingen ohne die ordnende Idealzahl
verwirrt den Verstand, weil sie die wesentlichen Bestimmungen in
Keinem mehr erkennen läßt [7]).

---

7) Ὅταν γὰρ ταῦτά τε λάβῃς οὕτω, τότε ἐγένου σοφός, ὅταν τε ἄλλο τῶν
ὄντων ἐν ὁτιοῦν ταύτῃ σκοπούμενος ἕλῃς, οὕτως ἔμφρων περὶ τούτων γέγονας· τὸ δ' ἄπει-

Weitere Belege für unsere Auslegung finden sich bei Aristo=
teles. Um aber die hieher bezüglichen Stellen gehörig würdigen
zu können, haben wir zuvor noch das Verhältniß der Quantität
in den mathematischen Zahlen zu dem der Qualität in den
Idealzahlen näher in's Auge zu fassen.

Die Erkenntniß eines Begriffes besteht nicht in der Auffassung
derjenigen Bestimmungen, wodurch er sich in den ihm untergebenen
Arten oder einzelnen Dingen vervielfältigt, sondern vielmehr in
der Zusammenfassung der in ihm selbst verbundenen wesent=
lichen Merkmale. Das Quantitative ist überhaupt das Zu=
fällige an den Dingen; das Wesen besteht in ihrer Quali=
tät. Die Quantität hat daher überhaupt nur insoferne einen
Werth für die Wissenschaft, als sie uns die Qualitätsunterschiede
erkennbar macht. Da jedoch alle Verschiedenheit der Bestimmungen
ihren Grund nur in einer verschiedenen Verbindung der entgegen=
gesetzten Elemente haben kann, so müssen sich anderseits auch alle
qualitativen Unterschiede zuletzt auf quantitative zurückführen las=
sen. Hiebei hat sich jedoch die Forschung beständig nach beiden
Richtungen, sowohl in der Horizontallinie als in der absteigenden
Linie zugleich zu bewegen; denn die Verschiedenheit der Be=
stimmungen ist nur durch die Vergleichung in der Horizontallinie,
die Zahl der in einem Begriffe verbundenen Bestimmungen nur
aus der Abstufung in der absteigenden Linie zu erkennen.

Nach Aristoteles⁸) war es nun ein Grundsatz der platonischen
Zahlenlehre, daß nicht das Qualitative, sondern das Quantita=
tive das Frühere sey, und an einer anderen Stelle wird als
ein wesentliches Unterscheidungsmerkmal der Idealzahlen den ma=
thematischen gegenüber angeführt, daß sie unter sich im Verhält=
nisse des Früheren und Späteren stehen⁹). Aristoteles er=
klärt die Bedeutung dieses Gegensatzes dahin, daß damit das der
Natur und dem Wesen nach Frühere und Spätere gemeint sey.
In diesem Sinne sey dasjenige das Frühere, was Anderem zur
Voraussetzung diene, so daß es zwar selbst ohne dieses, nicht

---

ρόν σε ἑκάστων καὶ ἐν ἑκάστοις πλῆθος ἄπειρον ἑκάστοτε ποιεῖ τοῦ φρονεῖν καὶ
οὐκ ἐλλόγιμον οὐδ' ἐνάριθμον, ἅτ' οὐκ εἰς ἀριθμὸν οὐδένα ἐν οὐδενὶ πώποτε ἀπι-
δόντα. Ib. p. 17 d—e.

8) Metaph. XIII cap. 8 § 4.

9) L. c. cap. 6 § 12: οἱ μὲν οὖν ἀμφοτέρους φασὶν εἶναι τοὺς ἀριθμούς,
τὸν μὲν ἔχοντα τὸ πρότερον καὶ ὕστερον τὰς ἰδέας, τὸν δὲ μαθηματικὸν παρὰ
τὰς ἰδέας καὶ τὰ αἰσθητά, καὶ χωριστοὺς ἀμφοτέρους τῶν αἰσθητῶν. —

aber dieses ohne jenes seyn könne, und in diesem Sinne, fügt er
bei, habe auch Plato das Frühere und Spätere unterschieden [10]). —
Hieraus ergibt sich, daß die Idealzahlen nach der platonischen
Lehre unter sich in der Art auf einander folgen, daß jede vor=
hergehende eine Voraussetzung für die folgenden bildet [11]).

---

10) Metaph. V cap. 11 § 11: τὰ μὲν δὲ οὕτω λέγεται πρότερα καὶ
ὕστερα, τὰ δὲ κατὰ φύσιν καὶ οὐσίαν, ὅσα ἐνδέχεται εἶναι ἄνευ
ἄλλων, ἐκεῖνα δὲ ἄνευ ἐκείνων μὴ· ᾗ διαιρέσει ἐχρήσατο Πλάτων. —
Vgl. Schwegler's Kommentar Bd. III. S. 221. — Syrian bemerkt er=
läuternd zu der angeführten Stelle in der Metaphysik des Aristoteles (XIII
cap. 6 § 12: ἐνταῦθα Πλάτων δῆλός ἐστι τάττων, ὡς καὶ ὁ ὑπομνηματιστὴς
αὐτοῦ φησιν Ἀλέξανδρος καὶ δεχόμεθα Πλάτωνα ταῦτα λέγειν καὶ μὴ μόνον ταῦτα·
εἶναι γὰρ καὶ εἰδητικὸν ἀριθμὸν ὑπετίθετο, τάξιν ἐχόντων ἐν αὐτῷ τῶν
εἰδῶν· εἶναι καὶ τὸν μαθηματικὸν πρεσβύτερον μὲν ὄντα τοῦ φυσικοῦ, καταδεέστερον δὲ τοῦ εἰδητικοῦ. — Hienach und mit Bezug auf Aristot. Metaph.
XIV cap. 3 § 16. unterscheidet Trendelenburg („Platonis de ideis et nume-
ris doctrina etc." p. 78.) drei Gattungen von Zahlen: τὸν ἀριθμὸν εἰδητικόν,
μαθηματικόν und αἰσθητόν (bei Syrian φυσικόν genannt). Bezüglich der drit=
ten Gattung bemerkt er: Nec dubitamus, quin αἰσθητὸς ἀριθμός numerus,
quatenus in ipsa natura et rerum multitudine deprehenditur, indicetur.
— Allein in dieser Bedeutung sind die sinnlichen Dinge keine Zahl, sondern
nur Zählbares und als solches Gegenstand der mathematischen Zahlen. Ari=
stoteles nennt sie auch im Gegensatze zu den letzteren nicht ἀριθμούς, sondern
τὰ αἰσθητά oder τὰς οὐσίας αἰσθητάς. — l. c. I cap. 6 § 6, XII cap. 1 § 9.
11) In der Nicomachischen Ethik (I cap. 4.) findet sich zwar eine Stelle,
welche der oben angeführten (Metaph. XIII cap. 6 § 12.) direkt zu wider=
sprechen scheint. Sie heißt: οἱ δὲ κομίσαντες τὴν δόξαν ταύτην (womit offen=
bar die Platoniker gemeint sind) οὐκ ἐποίουν ἰδέας ἐν οἷς τὸ πρότερον καὶ τὸ
ὕστερον ἔλεγον· διόπερ οὐδὲ τῶν ἀριθμῶν ἰδέαν κατεσκεύασαν. Die Vereinbarung
beider Stellen machte den Auslegern große Schwierigkeit. Trendelen=
burg wollte in jener Stelle der Metaphysik ein μὴ einschalten, — „Platonis
de ideis etc." p. 82 — nahm jedoch diesen Vorschlag später selbst wieder
zurück. — „Aristotelis de anima" 1833. p. 232. — Schwegler meinte,
die Stelle in der Nicom. Ethik beziehe sich bloß auf die Frage, ob es Ideen
von den Idealzahlen gebe. — Commentar zur Metaph. des Arist. Bd. III
S. 132. — Brandis endlich suchte dadurch nachzuhelfen, daß er den Aus=
drücken πρότερον καὶ ὕστερον in beiden Stellen einen verschiedenen Sinn bei=
legte. — „Handbuch der Geschichte der griech.=röm. Philosophie.". Th. II.
Abth. 1. S. 317. Note hhh. — „Rhein. Museum ꝛc. II. S. 564 u. 575.—
Der Zusammenhang obiger Stelle in der Metaphysik und deren Ueberein=
stimmung mit anderen Stellen (Metaph. III cap. 3 § 16. u. Eudem. Eth.
I cap. 8.) beweist jedoch zur Genüge, daß, wenn zur Lösung des Wider=
spruches eine Aenderung des Textes erforderlich oder eine Schwierigkeit in
der Auslegung hinwegzuräumen seyn sollte, das Eine wie das Andere nur
in der Nicom. Ethik angezeigt wäre.

In einer anderen Stelle sagt Aristoteles von den Idealzah=
len, daß bei ihnen die folgende Zahl jedesmal ohne die vorher=
gehende gezählt werde[12]). Dieses ist nicht so zu verstehen, als
ob die nächstfolgende Idealzahl unabhängig von den vorhergehen=
den zu Stande komme, sondern es soll damit nur gesagt seyn,
daß bei den Idealzahlen nicht, wie bei den mathematischen, die
vorausgehende Zahl jedesmal als ein Theil in der nächst folgen=
den enthalten sey[13]). Denn die Idealzahlen entstehen nicht wie
die mathematischen durch Zusammenfügung bereits gebildeter
Zahlen[14]), sondern jede von ihnen wird aus den Elementen neu
erzeugt[15]). Wenn also dessenungeachtet noch ein Zusammenhang
unter den Idealzahlen in der Art stattfinden soll, daß jede vor=
hergehende eine Voraussetzung für die folgenden bildet, so läßt
sich dieses Verhältniß nur so denken, daß nach jeder Erzeugung
einer Idealzahl die entstandene Bestimmung wieder zum bestimm=
baren Elemente für die nächst folgende Idealzahl wird. — Da nun
jede Bestimmung auf der nächsten Stufe verschiedenen neuen Bestim=
mungen unterliegt, so bildet sich durch die fortgesetzten Bestim=
mungen nicht bloß eine Reihe, sondern es entstehen verschie=
dene Reihen von Ideen, welche sich von Stufe zu Stufe abwärts
stets mehr verzweigen, so daß von jeder Idee aus, welche weitere Be=
stimmungen unter sich begreift, eine neue, mit 1 beginnende Reihe
von Idealzahlen gerechnet werden kann, während die nemliche
Idee, soferne sie als durch weitere Bestimmung einer ihr über=
geordneten Idee entstanden ist, selbst schon als eine höhere Ideal=
zahl in der von jener übergeordneten Idee anhebenden Reihe be=
griffen ist. Aus einer Stelle in der Eudemischen Ethik[16]) ersehen
wir, daß bei den Platonikern wirklich von verschiedenen Reihen
der Ideen und der Idealzahlen die Rede war, welche sich von
der Idee des Guten ableiten, und daß diese Idee als die höchste
Einheit betrachtet wurde, welcher alle übrigen Einheiten der Ideal=

---

12) **Metaph. XIII cap.** 6 § 7: μετὰ τὸ ἓν δύο ἕτερα ἄνευ τοῦ ἑνὸς
τοῦ πρώτου, καὶ ἡ τριὰς ἄνευ τῆς δυάδος.

13) L. c. § 6.

14) L. c. **XIII cap.** 7 § 51: διὸ καὶ τὸ ἀριθμεῖσθαι οὕτως, ἓν, δύο,
μὴ προσλαμβανομένου πρὸς τῷ ὑπάρχοντι ἀναγκαῖον αὐτοῖς λέγειν· οὔτε γὰρ ἡ
γένεσις ἔσται ἐκ τῆς ἀορίστου δυάδος, οὔτ' ἰδέαν ἐνδέχεται εἶναι· ἐνυπάρξει γὰρ
ἑτέρα ἰδέα ἐν ἑτέρᾳ, καὶ πάντα τὰ εἴδη ἑνὸς μέρη.

15) L. c. I cap. 6 § 8, XIII cap. 7 § 6. u. 20, XIV cap. 3 § 19.

16) I cap. 8: τάξεις γὰρ καὶ ἀριθμοὶ· ὡς τοῖς ἀριθμοῖς καὶ ταῖς μονάσιν
ἀγαθὸν ὑπάρχον, διὰ τὸ εἶναι τὸ ἓν αὐτὸ ἀγαθόν.

zahlen untergeben waren. Auf eine solche Ableitung weiterer Ideen scheint auch die Bemerkung des Philoponus in seinem Commentar zu Aristoteles (de anima I cap. 2 § 7.) hinzudeuten, Plato habe gleich den Pythagoreern jede Idee eine Zehnzahl genannt [17]). Diese Bemerkung kann offenbar nicht den Sinn haben, daß jede Idee die zehnte Zahl in der Reihe der Idealzahlen sey. Sie kann auch nicht so verstanden werden, als bestünde jede Idee aus zehn gleichartigen Einheiten, denn nach dem bestimmten Zeugnisse des Aristoteles sollen sich ja die Idealzahlen dadurch von den mathematischen unterscheiden, daß sie aus solchen Einheiten nicht zusammengesetzt sind [18]). Sie läßt also nur die Auffassung zu, daß jede Idee potenziell zehn Zahlen enthält, welche sich durch weitere Bestimmung aus ihr entwickeln lassen [19]). — Ohne Zweifel bildete die Verzweigung der Ideen, welche nach diesen Andeutungen in der platonischen Lehre vorgekommen seyn mußte, auch den Anknüpfungspunkt für die neuplatonische Zahlenlehre, nach welcher die Ideen sich aus einander durch Potenzirung wie die Zahlen aus ihren Wurzeln entwickeln und die intelligible Welt erfüllen.

Aristoteles hat uns endlich im ersten Buche seiner Abhandlung über die Seele cap. 2. § 7. Beispiele zweier, unter sich verschiedener Reihen von Idealzahlen aufbewahrt, welche umsomehr unsere Aufmerksamkeit verdienen, als sie uns davon Kunde geben, welchen Gebrauch Plato in seiner Philosophie von den Idealzahlen machte. Die Stelle lautet [20]):

„Auf die nemliche Art" (wie Empedokles die Seele aus den Elementen bestehen ließ) „bildet auch Plato im Timäus die Seele

---

17) ἕκαστον γὰρ τῶν εἰδῶν δεκάδα ἔλεγον.

18) Vgl. oben S. 17.

19) So hat auch Brandis diese Stelle verstanden. — „Diatribe etc." p. 58: In singulis igitur ideis decadis vim ac virtutem reperiisse sibi visi sunt.

20) Im Griechischen: Τὸν αὐτὸν δὲ τρόπον καὶ Πλάτων ἐν τῷ Τιμαίῳ τὴν ψυχὴν ἐκ τῶν στοιχείων ποιεῖ· γιγνώσκεσθαι γὰρ τῷ ὁμοίῳ τὸ ὅμοιον, τὰ δὲ πράγματα ἐκ τῶν ἀρχῶν εἶναι. ὁμοίως δὲ καὶ ἐν τοῖς περὶ φιλοσοφίας λεγομένοις διωρίσθη αὐτὸ τὸ ζῷον ἐξ αὐτῆς τῆς τοῦ ἑνὸς ἰδέας καὶ τοῦ πρώτου μήκους καὶ πλάτους καὶ βάθους, τὰ δ' ἄλλα ὁμοιοτρόπως· ἔτι δὲ καὶ ἄλλως, νοῦν μὲν τὸ ἕν, ἐπιστήμην δὲ τὸ δύο· μοναχῶς γὰρ ἐφ' ἕν· τὸν δὲ τοῦ ἐπιπέδου ἀριθμὸν δόξαν, αἴσθησιν δὲ τὸν τοῦ στερεοῦ· οἱ μὲν γὰρ ἀριθμοὶ τὰ εἴδη αὐτὰ καὶ αἱ ἀρχαὶ ἐλέγοντο, εἰσὶ δ' ἐκ τῶν στοιχείων. κρίνεται δὲ τὰ πράγματα τὰ μὲν νῷ, τὰ δ' ἐπιστήμῃ, τὰ δ' αἰσθήσει· εἴδη δ' οἱ ἀριθμοὶ οὗτοι τῶν πραγμάτων.

„aus den Elementen; denn das Gleiche werde vom Gleichen er=
„kannt, die Dinge aber beſtünden aus den Prinzipien. Aehnlich
„wird in der Abhandlung über die Philoſophie[21]) beſtimmt, das
„Thier ſelbſt beſtehe aus der Idee des Einen ſelbſt, dann aus
„der erſten Länge, Breite und Tiefe, das Uebrige aber auf ähn=
„liche Weiſe. Weiter wird auch noch beſtimmt: der Geiſt ſey das
„Eins, die Wiſſenſchaft das Zwei; denn ſie gehe allein nur auf
„Eins; die Meinung ſey die Zahl der Fläche, die Empfindung
„aber die des Körpers; denn die Zahlen wurden die Ideen ſelbſt
„und die Prinzipien genannt; ſie beſtehen aber aus den Elemen=
„ten. Die Dinge aber werden unterſchieden theils durch den
„Geiſt, theils durch die Wiſſenſchaft, theils durch die Meinung,
„theils durch die Empfindung; und dieſe Zahlen ſind Ideen der
„Dinge.“ —

In dieſer Stelle bedarf faſt jeder einzelne Satz einer beſon=
deren Erläuterung, welche ſelbſt wieder nur aus einer näheren
Kenntniß deſſen, was Plato in ſeinen mündlichen Vorträgen lehrte,
geſchöpft werden könnte. Da uns nun in dieſer Hinſicht die auf
uns gekommenen Quellen im Stiche laſſen, ſo gelang es bis jetzt
noch nicht, die dunklen Worte obiger Stelle in befriedigender
Weiſe zu erklären. Auch dasjenige, was wir bei den alten Aus=
legern finden, iſt keineswegs geeignet, uns hierüber ein gehöriges
Licht zu gewähren. Der geſchwätzige Philoponus, welcher ſich
ziemlich weitläufig über dieſe Stelle vernehmen läßt, und von
welchem man ehedem am meiſten Aufſchluß erlangen zu können
glaubte, weil er nach einer von ihm ſelbſt gegebenen Andeutung
aus dem verloren gegangenen ariſtotiſchen Werke περὶ τοῦ ἀγαϑοῦ
oder περὶ φιλοσοφίας[22]) geſchöpft haben ſollte, zeigte ſich als ein
ſehr unzuverläſſiger Gewährsmann. Es iſt höchſt zweifelhaft, ob
derſelbe jenes Werk bei der Abfaſſung ſeiner Erläuterungen
überhaupt benützte, und der kritikloſe Gebrauch ſeiner zum Theile
vom platoniſchen Syſteme entſchieden abweichenden und aus neu=
platoniſchen Anſchauungen entnommenen Deuteleien als Hülfs=

———————————

21) Ariſtoteles verweiſt hier auf ein von ihm ſelbſt verfaßtes, nun lei=
der verloren gegangenes Werk, worin den von Brandis (in deſſen „Dia=
tribe etc.“) zuſammengeſtellten Nachrichten zufolge eine Darſtellung der pla=
toniſchen Ideenlehre nach den mündlichen Vorträgen Platos enthalten ge=
weſen ſeyn ſollte.

22) Es iſt ohne Zweifel das nemliche Werk, auf welches in unſerer
Stelle Ariſtoteles ſelbſt Bezug nimmt. — Vgl. die vorige Note. —

mittel zur Auslegung hat mehr in die Irre geführt als zum wahren Verständnisse beigetragen. — Wir beschränken uns darauf, obige Stelle durch die Ergebnisse unserer bisherigen Untersuchung zu beleuchten, und überlassen es dem kundigen Leser, darüber zu urtheilen, ob und inwieweit der hiedurch gewonnene Sinn mit Rücksicht auf die hiemit übereinstimmenden urkundlichen Belege als dem platonischen Gedanken entsprechend betrachtet werden kann oder nicht.

Das Thier selbst (αὐτὸ τὸ ζῷον), heißt er hier, bestehe aus der Idee des Einen, der ersten Länge, Breite und Tiefe. Dann werden in einer weiteren Reihenfolge: der Geist, die Wissenschaft, die Meinung und die Empfindung als Zahlen angeführt, der Geist als Eins, die Wissenschaft als Zwei, die Zahlen der Meinung und Empfindung aber als jenen der Fläche und des Körpers entsprechend bezeichnet. Erinnern wir uns aus dem Studium der Geometrie, wie sich durch die Bewegung des Punktes die Linie, durch die Bewegung der Linie die Fläche und durch die Bewegung der Fläche der Körper konstruirt, so ergibt sich, daß Aristoteles, wenn er die Parallele hätte vollständig ziehen wollen, ebenso dem Geiste den Punkt und der Wissenschaft die Linie hätte gegenüberstellen müssen, wie er die Fläche der Meinung und den Körper der Empfindung gegenüberstellte. Vergleichen wir hiemit die aristotelische Metaphysik, wo es heißt, daß diejenigen Philosophen, welche die Ideen annehmen, die räumlichen Größen aus der Materie und der Zahl entstehen lassen, aus der Zweiheit die Längen, aus der Dreiheit die Flächen, aus der Vierzahl die Körper [23]), so kann es nicht zweifelhaft seyn, daß in unserer Stelle zwei von 1 bis 4 fortschreitende Reihen Idealzahlen einander gegenübergestellt sind. Die erste Reihe bildet: 1) die nicht näher bezeichnete Idee des Einen, 2) die aus der ersten Länge bestehende Linie, 3) die aus der Länge und Breite bestehende Fläche, 4) der aus der Länge, Breite und Tiefe bestehende Körper, — die zweite Reihe: 1) der Geist, 2) die Wissenschaft, 3) die Meinung, 4) die Empfindung.

Um den Zusammenhang beider Reihen zu erforschen, müssen wir vor Allem den Eingang der Stelle in's Auge fassen. Aristoteles bezieht sich hier auf eine Erklärung Platos in dessen Dialoge „Timäus" über die Bildung der Seele aus den Elementen,

---

23) XIV cap. 3 § 18: ποιοῦσι γὰρ τὰ μεγέθη ἐκ τῆς ὕλης καὶ ἀριθμοῦ, ἐκ μὲν τῆς δυάδος τὰ μήκη, ἐκ τριάδος δ' ἴσως τὰ ἐπίπεδα, ἐκ δὲ τῆς τετράδος τὰ στερεά.

womit offenbar die berühmte Stelle über die Schöpfung der Welt=
seele (p. 34 c. u. 35.) gemeint ist. Sie lautet, wie folgt:

> ὁ δὲ (θεὸς) καὶ γενέσει καὶ ἀρετῇ προτέραν καὶ πρεσβυτέραν
> ψυχὴν σώματος ὡς δεσπότιν καὶ ἄρξουσαν ἀρξομένου ξυνέστήσατο
> ἐκ τῶνδέ τε καὶ τοιῷδε τρόπω· τῆς ἀμερίστου καὶ
> ἀεὶ κατὰ ταὐτὰ ἐχούσης οὐσίας καὶ τῆς αὖ περὶ
> τὰ σώματα γιγνομένης μεριστῆς τρίτον ἐξ ἀμφοῖν
> ἐν μέσῳ ξυνεκεράσατο οὐσίας εἶδος, τῆς τε ταὐτοῦ
> φύσεως αὖ πέρι καὶ τῆς θατέρου, καὶ κατὰ ταὐτα
> ξυνέστησεν ἐν μέσῳ τοῦ τε ἀμεροῦς αὐτῶν καὶ τοῦ κατὰ τὰ
> σώματα μεριστοῦ. καὶ τρία λαβὼν αὐτὰ ὄντα
> συνεκεράσατο εἰς μίαν πάντα ἰδέαν, τὴν θατέρου φύσιν
> δύσμικτον οὖσαν εἰς ταὐτὸν ξυναρμόττων βίᾳ. μιγνὺς δὲ μετὰ
> τῆς οὐσίας καὶ ἐκ τριῶν ποιησάμενος ἕν, πάλιν ὅλον τοῦτο
> μοίρας ὅσας προσῆκε διένειμεν, ἑκάστην δὲ ἔκ τε ταὐτοῦ καὶ
> θατέρου καὶ τῆς οὐσίας μεμιγμένην.

Auch die Auslegung dieser Stelle ist nicht unbestritten. Haupt=
sächlich kann bezweifelt werden, ob die Gegensätze τῆς ἀμερίστου
καὶ ἀεὶ κατὰ ταὐτὰ ἐχούσης οὐσίας und τῆς αὖ περὶ τὰ σώματα
γιγνομένης μεριστῆς einerseits, dann τῆς τε ταὐτοῦ φύσεως und
τῆς θατέρου anderseits Eines und Dasselbe oder Verschiedenes be=
deuten. Diejenigen, welche wie Böckh und Stallbaum hierin
nur verschiedene Ausdrücke eines und des nemlichen Gegensatzes
finden und die ταὐτοῦ φύσις als gleichbedeutend mit der
ἀμερίστου καὶ ἀεὶ κατὰ ταὐτὰ ἐχούσῃ οὐσίᾳ sowie die θατέρου
φύσις als gleichbedeutend mit der περὶ τὰ σώματα γιγνομένη
μεριστῇ οὐσίᾳ betrachten, erklären die Weltseele einfach nur für
eine Mischung aus zwei Wesen, aus dem untheilbaren und unwan=
delbaren und aus dem theilbaren und körperlich werdenden, —
stoßen aber dann schon in den nächsten Zeilen auf eine unüber=
windliche Schwierigkeit. Denn hier ist von einer Mischung aus
drei Bestandtheilen (τρία λαβὼν αὐτὰ ὄντα συνεκεράσατο —
ἐκ τριῶν ποιησάμενος ἕν) — die Rede, und diese Bestandtheile
werden auch (p. 35 b.) nach einander aufgezählt: das ταὐτόν,
das θάτερον und die οὐσία. Eine Ungenauigkeit im Ausdrucke
läßt sich hier umsoweniger vermuthen, da etwas später (p. 37 a.)
wiederholt und mit gleicher Bestimmtheit gesagt wird, daß die
Weltseele aus den nemlichen drei Bestandtheilen zusammengesetzt
sey (ἐκ τῆς ταὐτοῦ καὶ τῆς θατέρου φύσεως ἔκ τε οὐσίας τριῶν
τούτων συγκρασθεῖσα μοιρῶν). — Um diese Dreizahl erklären zu
können, mußte man annehmen, daß Plato unter dem Gegensatze

des ταὐτόν und θάτερον etwas Anderes verstanden habe als unter dem von ihm zuerst angeführten Gegensatze des untheilbaren und theilbaren Wesens. Dieser Ansicht waren schon Xeno=krates und Krantor[24]). Daß Plato unter dem untheilbaren und unwandelbaren Wesen das der Ideen und unter dem theil=baren und körperlich werdenden Wesen das der sinnlichen Dinge verstand, kann nach dem Bisherigen nicht zweifelhaft seyn. Den Ideen legt Plato eine οὐσία bei, weil in ihnen die Urele=mente zum unwandelbaren und in sich einheitlichen Seyn verbun=den sind, den sinnlichen Dingen, insoferne ihnen durch die Theil=nahme an den Ideen ein wandelbares Seyn in der Vielheit zu=kommt. Damit ist aber nach platonischer Anschauung alles Seyn erschöpft. Wenn also der aus diesen beiden Wesen gemisch=ten οὐσία als weitere Bestandtheile das ταὐτόν und θάτερον ent=gegengesetzt werden, so bleiben uns für den Begriff der letzteren nur noch die Ursachen des Seyns oder die Elemente übrig. Nun unterliegt es aber keinem Zweifel, daß Plato mit den Aus=drücken ταὐτόν und θάτερον wirklich nur den Gegensatz des bestim=menden und bestimmbaren Elementes bezeichnet habe. Schon im „Parmenides" p. 143 treffen wir als ἓν καὶ ἕτερον bezeichnet einen mit der οὐσία verbundenen und doch wieder von ihr ver=schiedenen Gegensatz, auf welchem selbst wieder der Gegensatz der Einheit und Vielheit des Seyenden beruht. Deutlicher noch tritt der nemliche Gegensatz im „Sophistes" p. 255 ꝛc. hervor, wo er bereits ταὐτὸν καὶ θάτερον genannt und als dasjenige bezeichnet wird, was durch seine Verbindung mit der Bewegung und dem Stillstande die Einheit und Vielheit des Seyenden bewirke. — Im „Philebus" p. 24—26 erörtert Plato umständlich, wie das bestimmende Element (τὸ πέρας) in sich selbst seiner Natur nach Eins sey und auch alles von ihm Bestimmte zur Einheit verbinde, wie dagegen die eigenthümliche Natur des bestimmbaren Elemen=tes (τοῦ ἀπείρου) darin bestehe, daß es überall Verschiedenheiten hervorbringt und immer nur in Gegensätzen zu existiren vermag. Dieser Eigenthümlichkeit entsprechend wurde es auch in seinen mündlichen Vorträgen von ihm τὸ μέγα καὶ τὸ μικρόν genannt (vgl. oben S. 9, 15 u. 19) und Aristoteles bezeichnet es auf die ihm eigenthümliche Weise als das „Relative" (τὸ πρός τι)[25]).

24) Vgl. auch Müller: „Platons sämmtliche Werke" Bd. VI S. 97 u. 243. Anmerkung 167.

25) Metaph. XIV cap. 1 § 17, cap. 2 § 19. vgl. V cap. 15. dann Plato: De republ. V p. 476 a.

Daß endlich Plato namentlich im „Timäus" p. 35 a. mit den Ausdrücken ταὐτόν und θάτερον nichts als die einfachen Elemente bezeichnen wollte, ist auch dadurch angedeutet, daß er nicht nur hier wiederholt, sondern auch ebenso p. 37 a., worauf schon Müller aufmerksam machte, beiden keine οὐσία, sondern nur eine „φύσις" beilegte.

Hienach gewinnt nun die angeführte Stelle (Tim. 35 a.) folgenden Sinn:

„Er (Gott) aber bildete die ihrer Entstehung und Vorzüg-
„lichkeit nach frühere und ältere Seele als Gebieterin und Be-
„herrscherin des ihr unterworfenen Leibes aus folgenden Bestand-
„theilen und auf folgende Weise: Aus dem untheilbaren und
„unwandelbaren Wesen, dann aus dem theilbaren, im körperlichen
„Werden begriffenen mischte er eine dritte, zwischen beiden die
„Mitte haltende Wesensart, — dann (mischte er hiemit) die
„Natur des Sichselbstgleichen und des Verschiedenen und stellte
„sie (die mit diesen beiden gemischte Wesensart) in die Mitte
„zwischen das Wesen des Untheilbaren und des den Körpern nach
„Theilbaren. Diese drei nahm er und vereinte sie alle zu einer
„Idee, indem er die schwervereinbare Natur des Verschiedenen
„gewaltsam mit der des Sichselbstgleichen zusammenbrachte. Beide
„mit dem Wesen vermischend und aus Dreien Eins machend,
„theilte er das Ganze wieder in so viele Theile, als sich geziemte,
„wovon jeder aus dem Sichselbstgleichen, dem Verschiedenen und
„dem Wesen gemischt war."

Den Grund, warum es einer solchen Mischung zur Bildung der Weltseele bedurfte, entnehmen wir aus p. 37 a—c. Hier er-wähnt Plato, wie die Seele mit der sinnlichen und übersinnlichen, der materiellen und Ideen-Welt in Verkehr stehe und beide zu erkennen vermöge. Um nun dieses Vermögen zu erlangen, mußte sie die Natur von beiden in sich tragen. Denn nur das Gleiche vermag, wie es in unserer Stelle (Aristot. de anima I, 2) heißt, das Gleiche zu erkennen. Die materielle Welt besteht jedoch aus einer unendlichen Vielheit einzelner Dinge und auch die Ideen-welt aus einer Menge von Ideen, welche sich durch Abstammung von einander in's Unendliche vervielfältigen. Beiden Welten gegenüber muß sich also die Seele, um dem Erkennbaren gleich zu werden, obwohl in sich selbst Eins, zu einer unendlichen Viel-heit gestalten, und dieses wird ihr eben dadurch möglich, daß ihr außer dem idealen und körperlichen Wesen auch noch die Elemente der Ideen beigemischt sind. Der Besitz dieser Elemente macht sie fähig, die Ideen in sich selbst zu erzeugen. Damit erlangt sie aber nicht bloß das Vermögen zur Erkenntniß der ganzen Ideenwelt, sondern auch aller sinnlichen Dinge; denn die Erkennbarkeit sowie das wahrhafte Seyn der letzteren besteht ja nach platonischer Anschauung überhaupt nur in dem, worin sie an den Ideen Theil nehmen.

Hienach könnte man geneigt seyn, die platonische Weltseele für ein dem Menschen ähnliches Doppelwesen zu halten, welches ebenso wie dieser durch Zusammensetzung aus einer körperlichen und geistigen Natur dem Reiche der sinnlichen Dinge und der Ideenwelt zugleich angehört. Dieses ist aber nicht der Fall. Plato sagt p. 35 a. ausdrücklich, die drei Bestandtheile seyen in ihr zu einer Idee verbunden worden (εἰς μίαν ἰδέαν). Am Anfange des darauf folgenden Cap. heißt es, daß erst, nachdem die Weltseele schon vollendet war, die Körperwelt geschaffen worden sey [26]), und alsbald darauf wird sie selbst etwas Unsichtbares und die sichtbare Welt ihr Leib genannt. Hieraus müssen wir folgern, daß die platonische Weltseele der Ideenwelt allein angehört. Dann können wir aber auch dem theilbaren und körperlich werdenden Wesen, welche nach p. 35 a. mit dem untheilbaren zu einer dritten Wesensart verbunden wurde, nicht mehr die Bedeutung einer bereits dem Stoffe eingebildeten Idee beilegen, sondern Plato kann auch hier nur eine reine Idee im Sinne gehabt haben, und der Unterschied beider Wesensarten nur darin gelegen seyn, daß die eine, wenn sie sich mit dem Stoffe verbindet, zu den sinnlich wahrnehmbaren Dingen wird, die andere dagegen ideal bleibt und sich ihrer Natur nach nicht zur Einbildung in den Stoff eignet.

Die Idee der Weltseele begreift also in sich zwei Ideen, eine in die Körperlichkeit übergehende und eine ideal bleibende, und da jede von diesen Ideen wieder weiter bestimmbar ist, so ergeben sich hieraus zwei Reihen von Idealzahlen, welche die erste Idealzahl unter sich gemein haben, mit der zweiten Idealzahl aber sich von einander trennen. Durch das eine, in die Körperlichkeit übergehende Wesen ist die Weltseele äußerlich bestimmbar und fähig, ein Daseyn im Raume anzunehmen. In dem anderen, ideal bleibenden Wesen liegt für sie ein Vermögen

---

26) p. 36 d: Ἐπεὶ δὲ κατὰ νοῦν τῷ ξυνιστάντι πᾶσα ἡ τῆς ψυχῆς ξύστασις ἐγεγένητο μετὰ τοῦτο πᾶν τὸ σωματοειδὲς ἐντὸς αὐτῆς ἐτεκταίνετο καὶ μέσον μέσῃ ξυναγαγὼν προσήρμοττεν.

der Selbstbestimmung. Durch das erste Wesen wird sie zum wachsthümlichen Princip eines Körpers, ein ζῷον, durch das zweite ein vernünftiger und der Erkenntniß fähiger Geist.

Unter dem αὐτὸ τὸ ζῷον in unserer Stelle haben wir wohl nicht die Weltseele im neuplatonischen Sinne, sondern einfach nur die Idee des Thieres [27]) zu verstehen. In der ersten Idealzahl hat das Thier noch gar kein räumliches Daseyn; denn die erste Bestimmung im Raume ist der Punkt. Dieser aber bezeichnet bloß einen Ort im Raume ohne Ausdehnung. Soll der Punkt weiter bestimmt werden, so kann dieses nur durch Bewegung geschehen [28]). In dieser Bestimmung (der zweiten Idealzahl) entsteht durch die Bewegung des Punktes (nach der Länge) die Linie, in der weiteren Bestimmung der Linie (der dritten Idealzahl) durch deren Bewegung (nach der Breite) die Fläche und in der weiteren Bestimmung (nach der Tiefe) der Körper. In der Idee des Thieres ist die Vierzahl dieser Bestimmungen vollständig enthalten, und im vollkommensten Thiere, dem Menschen, auch in ihrer vollen Erkennbarkeit ausgedrückt. Bei den unorganischen Körpern läßt ihre Gestalt unentschieden, welche Ausdehnung wir an ihnen als Längenrichtung, Breite oder Tiefe betrachten wollen, und selbst an den Pflanzen ist nur die Längenrichtung, nicht aber auch schon der Unterschied von Breite und Tiefe erkennbar [29]).

---

27) Es ist ein bekannter, bei Aristoteles oft vorkommender Sprachgebrauch, die Ideen durch den Beisatz von αὐτός zu bezeichnen. In Metaph. III cap. 2 § 24 und VII cap. 16 § 11. wird bemerkt, wie die Platoniker aus allen sinnlichen Dingen Ideen machten, indem sie ihnen bloß dieses Wörtchen beifügten, z. B. αὐτοάνθρωπος die Idee des Menschen, αὐτόιππον die Idee des Pferdes. Vgl. auch ib. I cap. 9 § 26, XIII cap. 8 § 30. — Uebrigens darf man nicht übersehen, daß das griechische Wort ζῷον nicht ganz dasselbe bedeutet, wie unser deutsches Wort Thier, sondern dadurch der allgemeinere Begriff eines lebenden Wesens ausgedrückt wurde. — Vgl. auch Schelling's sämmtl. Werke Abth. II. Bd. 1. S. 448.

28) Die Bewegung ist es nach aristotelischer Lehre, wodurch die Form mit der Materie verbunden wird.

29) Eine sehr oberflächliche und nichts weniger als befriedigende Erklärung dieser 4 Idealzahlen enthält Philoponus in seinem Commentar zu fraglicher Stelle: Ἐν δὲ τοῖς αἰσθητοῖς μονάδα μὲν λαμβάνει τὸ σημεῖον, δυάδα δὲ τὴν γραμμήν, τριάδα δὲ τὸ ἐπίπεδον καὶ τετράδα δὲ τὸ στερεὸν αὐτό· αὗται γὰρ ἀρχαὶ τοῦ σώματος. μονάδα μὲν οὖν τὸ σημεῖον ὡς ἀμερές· τὴν δὲ δυάδα γραμμήν, ἐπειδὴ τὸ σημεῖον ῥυὲν ἐγέννησε τὴν γραμμήν, ἥτις ὑπὸ δύο σημείων περατοῦται καὶ ἐστι μῆκος ἀπλατές. τὴν τριάδα δὲ τὸ ἐπίπεδον, ἢ διὰ τὸ πρῶτον εἶναι

In der zweiten Reihe ist die 1. Idealzahl der Geist, noch nicht zur Erkenntniß eines von ihm Verschiedenen fortgeschritten, sondern in der ursprünglichen Einheit seiner Selbstbestimmung nur Anfang und Grund aller Erkenntniß. Wenn nun der Geist sich von sich hinweg nach außen wendet und mit etwas ihm Fremden in Berührung kommt, hat er sich, um dieses zu erkennen, zur Uebereinstimmung mit demselben zu bestimmen, und dadurch entsteht die Wissenschaft. — Als Grund, warum diese die 2. Idealzahl bilde, gibt Aristoteles in unserer Stelle an: μοναχῶς γὰρ ἐφ' ἕν. — Themistius bemerkt erläuternd hiezu: ἀφ' ἑνὸς γὰρ ἐφ' ἕν καὶ ἡ ἐπιστήμη. — Hieraus hat sich nun eine gewöhnliche Ansicht dahin gebildet, als sey der Wissenschaft die Zweizahl deshalb beigelegt, weil in derselben zum Geiste noch der zu erkennende Gegenstand hinzukomme [30]). Hiebei ist jedoch übersehen, daß nach

---

τῶν σχημάτων τὸ τρίγωνον, ἢ ὅπερ καὶ μᾶλλον, ὅτι ὥσπερ τὸ σημεῖον ῥύην ἐποίησεν ἐκ τῆς κατὰ μῆκος διαστάσεως ἕτερον σημεῖον· ἐὰν τὸ αὐτὸ τοῦτο σημεῖον ῥυῇ καὶ κατὰ πλάτος γεννήσει πάλιν ἕτερον σημεῖον. ὥστε γίγνεται τρία σημεῖα. ἓν μὲν τὸ πέρας τοῦ μήκους, ἕτερον δὲ τὸ πέρας τοῦ πλάτους καὶ τρίτον τὸ κοινὸν ἀμφοῖν· τετράδα δὲ δι' αὐτὸ τὸ στερεόν. ἤτοι πάλιν ὅτι πρῶτον τῶν στερεῶν σχημάτων ἡ πυραμίς, ἥτις γίγνεται ἐκ τεσσάρων τριγώνων ἢ πάλιν καὶ κατὰ τὴν αὐτὴν ἀναλογίαν. ὡς γὰρ τὸ σημεῖον ῥύην κατὰ μῆκος ἐγέννησεν ἄλλο σημεῖον, καὶ πάλιν κατὰ πλάτος ῥύην ἐγέννησεν ἕτερον· οὕτως ἐὰν ῥυῇ κατὰ βάθος γεννήσει πάλιν ἄλλο· ὥστε τέσσαρα γεννήσεται σημεῖα· δεῖ δὲ νοεῖν τὴν τοῦ βάθους εὐθεῖαν μετεωριζομένην. οὕτω μὲν οὖν ἐν τοῖς αἰσθητοῖς μονάς, δυάς, τριάς τετρὰς ὑπάρχει. — Daß Plato die Idealzahlen nach der Zahl von Punkten, nemlich eines ursprünglichen Punktes und der Endpunkte der durch die Bewegung des ursprünglichen Punktes nach den 3 Dimensionen des Raumes beschriebenen Linien bestimmt habe, ist schon deshalb nicht anzunehmen, weil er, wie uns Aristoteles (Metaph. I cap. 9 § 35.) berichtet, dem Punkte keine Realität beilegte, sondern ihn für eine bloße geometrische Erfindung erklärte und sich dafür des Ausdruckes „Anfang der Linie" (ἀρχὴ γραμμῆς) bediente. Aristoteles hat auch in fragl. Stelle (de anima I cap. 2 § 7.) die 1. Idealzahl nicht „Punkt", sondern mit Vermeidung jeder weiteren Bezeichnung einfach nur „die Idee des Einen selbst" (αὐτὴν τῆς τοῦ ἑνὸς ἰδέαν) genannt. Abgesehen davon entstehen durch die Bewegung des Punktes immer nur Linien, niemals eine Fläche oder ein Körper. Wenn ferner 3 deshalb die Idealzahl der Fläche seyn sollte, weil das Dreieck die einfachste Figur in der Fläche und 4 deshalb die Idealzahl des Körpers überhaupt, weil die (dreiseitige) Pyramide der einfachste Körper mit vier Flächen ist, so bedürfte der Zusammenhang dieser Gründe mit dem daraus Gefolgerten selbst noch einer Erklärung, welche uns Philoponus schuldig geblieben ist.

30) Petersen im „Rheinischen Museum für Philologie" II. S. 553. — Müller: „Platons sämmtl. Werke." Bd. VI. S. 264. Anm. 3.

der Erläuterung, welche uns Ariftoteles über die Natur der Ideal=
zahlen gibt, durch eine solche Zusammenzählung niemals eine
Idealzahl hätte entstehen können. — Vgl. oben S. 17 2) — Tren=
delenburg[31]) und Brandis[32]) suchten den Grund in einer
Analogie zwischen der wissenschaftlichen Methode und der geraden
Linie, weil in ihr das Erkennen mit Sicherheit, weder nach rechts
noch nach links abweichend seinem Ziele entgegen schreite, während
die „Meinung" vielfach von dem geraden Wege der Wahrheit ab=
weiche, und diesen Abweichungen gleichsam eine Fläche, ein freies
Feld darbiete. Diese Ansicht findet sich zwar schon bei Philo=
ponus[33]). Sie ist jedoch entschieden unrichtig. Die Wissenschaft
hat es keineswegs immer nur mit Einem zu thun, worauf sie
via directissima losgeht. Ihr steht vielmehr eine unendliche
Menge von Objecten gegenüber, von welchen keines für sich allein,
sondern jedes nur in der Verbindung des Ganzen und durch seine
Zurückführung auf ein bereits im Besitze der Wissenschaft befind=
liches höchstes Prinzip erkennbar wird, — und nur insoferne
könnte man sagen, daß die Wissenschaft auf Eines gerichtet sey.

Die 3. Idealzahl oder die Meinung (δόξα) bestand in der
durch sinnliche Wahrnehmung vermittelten Vorstellung[34]). Gegen=
stand der δόξα sind die sinnlichen Dinge[35]). Diese sind aber ihrer
Natur nach dem Geiste fremd, ja ihm entgegengesetzt und insoferne
von ihm unerkennbar. Der Satz: „Nur das Gleiche vermag das
Gleiche zu erkennen" — läßt sich auch so ausdrücken: „Nur der
Geist vermag überhaupt zu erkennen, und auch er vermag wie=
der nur das Geistige zu erkennen." Das Geistige nun, was
der Geist unmittelbar zu erkennen vermag, findet Plato in den

---

31) L. cit. p. 87.

32) „Handbuch der Geschichte ꝛc." II. Th. S. 318.

33) L. c.: δυάδα δὲ (εἶναι) τὴν διάνοιαν· ἔχει γὰρ αὕτη τὸ ποϑέν ποι· δια-
νύει γὰρ ὁδόν τινα καὶ μεταβαίνει ἀπὸ προτάσεων ἐπὶ συμπέρασμα. τριάδα δὲ τὴν
δόξαν, διότι αὕτη ὁρμήσασα δοξάσαι τι διστάζει καὶ οἱονεὶ σχιστὴν ὁδὸν ποιεῖται
πότερον ᾗδε ἢ ᾗδε τραπείη· ὥσπερ ὁδόν τινα ἀνύσας, εἶτα εἰς ὁδὸν σχιστὴν ἐμβαλών καὶ
ἀπορῶν πότερον τῇδε ἢ τῇδε τραπείη, οὕτω καὶ ἡ δόξα ὑποϑέσει τινὶ χρησαμένη,
εἶτα δοξάσαι τι περὶ ταύτης ϑέλουσα ἐφ᾽ ἑκάτερα τῇ ἀπορίᾳ τρέπεται, ἀπορούσα
εἴτε ἡ κατάφασις ἀληϑὴς εἴτε ἡ ἀπόφασις.

34) Theaet. p. 187 a, 188 e, 189 a etc. — De republ. V p. 477 b.

35) De republ. VII 534. a. δόξαν μὲν περὶ γένεσιν, νόησιν δὲ περὶ
οὐσίαν. — Tim. p. 28. a. c. τὰ δ᾽ αἰσϑητά, δόξῃ περιληπτὰ μετ᾽ αἰσϑήσεως.
51. d. 52. a.

Ideen. Sie sind dasjenige, was der Geist unmittelbar berührt[36]). Der Geist vermag also die sinnlichen Dinge nur dadurch zu erkennen, daß er das Geistige in ihnen herausfindet und die in der sinnlichen Wahrnehmung erlangten Vorstellungen durch Ansichziehen des Wesentlichen zu den Ideen erhebt. Hiemit befaßt sich die διά-νοια (der „durchwirkende" νοῦς) oder, wie wir es mit dem entsprechenden deutschen Worte nennen können, die **Verstandesthä-tigkeit.** Die aus der sinnlichen Wahrnehmung abgeleiteten Vorstellungen enthalten aber immer nur empirische Begriffe, welche, solange nicht der Ort, welchen sie nach der Reihenfolge der Bestimmungen in der Ideenwelt einnehmen, oder ihre organische Verbindung mit der höchsten Idee erkannt ist, ebensowohl wahr wie falsch seyn können, während die aus der Idee entwickelte Wissenschaft die Möglichkeit eines Irrthums ausschließt[37]). In den empirischen Begriffen ist nun der Geist von der Erkenntniß weiter entfernt als in der Wissenschaft. In der letzteren erreicht er sein Object (die Idee) wie mit einem Schritte; in jenen dagegen hat er seine empirischen Vorstellungen erst noch mit seiner idealen Erkenntniß zu vermitteln, sohin die Idee, welche er in dieser als dem empirischen Begriffe übergeordnet vorfindet, zu diesem zu bestimmen.

Die 4. Idealzahl oder die **Empfindung** (αἴσθησις) endlich ist die unterste Stufe der Erkenntniß, ein begriffloses Bewußtwerden von den sinnlichen Dingen, welche sich hier der Geist erst durch Begriffsbildung vorstellbar zu machen hat. Plato nennt daher die sinnliche Empfindung für sich ἄλογον[38]). Gegenstand der Empfindung ist immer nur das **Einzelne**, während bei der Erkennt-

---

36) Οὐ αὐτὸς ὁ λόγος ἅπτεται. De rep. VI p. 511. b.

37) Wenn Brandis in seiner „Diatribe etc." p. 56. dasjenige, was unter dieser Idealzahl zu verstehen sey, auf folgende Art bezeichnet: physica sive opinione percipienda, i. e. ea quae quidem in rerum natura generalia essent, neque tamen ad suas ideas jam relata, so können damit wohl nur die empirischen Begriffe gemeint seyn. — Philoponus, welcher gleichfalls hiemit übereinstimmt, begründet seine Ansicht durch Bezugnahme auf die eigenen Worte Plato's im Tim. p. 28. a: τριὰς δὲ τὰ φυσικὰ καὶ δοξαστά. φυσικὰ δὲ φημι τὰ καθόλου τὰ ἐν τοῖς φυσικοῖς περὶ ἃ ἡ δόξα ἔχει· ὡς καὶ ἐν Τιμαίῳ φησὶν ὁ Πλάτων· τί τὸ ὂν ἀεί, γένεσιν δὲ οὐκ ἔχον, τὸ νοητὸν λέγων· τί δὲ τὸ γιγνόμενον ἀεί, οὐδέποτε (δὲ ὄν), τὰ ἐν τοῖς φυσικοῖς λέγων καθόλου. εἰ γὰρ ἀεὶ γίγνεσθαι αὐτό φησι καὶ γίγνεται μὲν τὰ φυσικά, ἐν τούτοις δὲ τὰ μερικὰ ἐν χρόνῳ τινὶ ὄντα, οὐκ ἂν λέγοιτο ἀεὶ γίγνεσθαι, δῆλον ὡς περὶ τῶν καθόλου ὁ λόγος, περὶ ἃ καὶ τὴν δόξαν ἐνεργεῖν φησι.

38) Tim. p. 28 a, 51 e.

niß der Begriffe der Geist sich noch im Allgemeinen befindet. Um also auch das Einzelne in den Bereich seines Erkennens zu ziehen, hat er noch seine Begriffe zur Uebereinstimmung hiemit zu bestimmen.

Ueberblicken wir noch einmal die Abstufung dieser vier Idealzahlen, so finden wir darin eine fortschreitende Entfernung der Objekte vom Erkenntnißvermögen des Geistes, wodurch dieser zu immer neuen Selbstbestimmungen getrieben wird. In gleichem Maße, in welchem die Objekte durch ihre Bestimmungen nach dem Verhältnisse des Abstandes der Idealzahlen vom Eins sich von ihrer Urquelle entfernen, muß ihnen der nach Erkenntniß strebende Geist in der Selbstbestimmung von Stufe zu Stufe nachfolgen. Dieser Gedanke ist auch in unserer Stelle unverkennbar ausgedrückt. Gleich Anfangs heißt es, daß Plato die Seele aus den Elementen habe entstehen lassen, weil nur das Gleiche das Gleiche zu erkennen vermöge, und die Dinge aus den Prinzipien entstünden. Dann werden die zwei Reihen Idealzahlen angeführt mit dem Beisatze, daß die Idealzahlen die Prinzipien seyen und auch diese aus den Elementen bestünden. Wenn also der Geist durch die ihm inwohnenden Elemente die Idealzahlen nachbildet, so befindet er sich im Besitze der Prinzipien und vermag alle Dinge zu erkennen. Zum Beweise hiefür wird sich auf die Erfahrung berufen, daß wir die Bestimmungen der Dinge durch alle Erkenntnißstufen hindurch verfolgen, und zuletzt behauptet, diese Zahlen seyen die Ideen der Dinge.

Wieweit Plato die Erforschung der Ideen in seiner Lehre von den Idealzahlen ausdehnte, ist ungewiß. Als sicher können wir indessen annehmen, daß er auf diesem Wege zu keiner vollendeten Ausführung eines Systems gelangte, weil damit Aristoteles ein viel weiteres Feld zu Einwendungen gegen die platonische Ideenlehre gewonnen hätte. Daraus, daß dieser namentlich in seinen Erörterungen über die platonische Zahlenlehre sich so oft in die Nothwendigkeit gesetzt findet, seine Angriffe nur gegen mögliche Folgerungen aus den Anfangsgründen dieser Lehre zu richten, dürfen wir mit Recht schließen, daß Plato selbst sich in seinen mündlichen Vorträgen sehr allgemein gefaßt haben müsse, und vielleicht nur die Methode von der Auffindung der Ideen nach den Idealzahlen zum Hauptgegenstand derselben gemacht, die Anwendung dieser Methode zur Entwicklung eines systematischen Wissens durch Ableitung aus der höchsten Idee dagegen einer späteren Zeit überlassen habe.

b) Die mathematischen Zahlen.

Nachdem wir den Unterschied der Idealzahlen und der mathematischen Zahlen bereits kennen gelernt haben, übrigt uns nur noch, das Verhältniß beider !zu einander näher zu betrachten, und hienach dasjenige zu erforschen, was sich in den auf uns gekommenen Bruchstücken von der platonischen Zahlenlehre auf die Entstehung der mathematischen Zahlen Bezügliches vorfindet.

Die Mathematik befaßt sich überhaupt nur mit der Quantität ohne Rücksicht auf die Qualität der Dinge. Die Quantität ergibt sich uns dann, wenn wir von der Verschiedenheit der Bestimmungen absehen und nur die Bestimmungshandlungen in's Auge fassen. In den mathematischen Größen wiederholt das menschliche Denken die Verrichtungen des bestimmenden Elementes zur Hervorbringung der sinnlichen Dinge, jedoch ohne Rücksicht auf die vorausgehenden Bestimmungen, welche die bestimmbaren Unterlagen (ὑποκείμενα) zu diesen Verrichtungen bilden [1]. Das mathematische Denken ist zwar wie das dialektische in den Ideen über das Gewordene erhaben und bewegt sich in einem Reiche ewiger und nothwendiger Wahrheiten. Weil es sich aber von dem bestimmbaren Elemente (der ὕλη) losgetrennt hat, befindet es sich auch außer dem Zusammenhange mit dem Prinzip des Wissens [2] und vermag nicht zur Erkenntniß des Wesens der Dinge zu gelangen [3], sondern ergeht sich immer nur in substanzlosen Formen. Der Nutzen der Mathematik in der Wissenschaft besteht nach Plato bloß darin, daß sie die Seele zur Dialektik vorbereitet und zur Betrachtung des Wesens und der Wahrheit hinleitet [4]. Die mathematischen Größen setzen daher einerseits die Ideen voraus, weil sie ohne diese aller Wahrheit beraubt wären, bilden dagegen anderseits selbst wieder eine Voraussetzung für die sinnlichen Dinge, weil diese erst dann entstehen, wenn die Ideen bei ihrer Einbildung in den Stoff den

---

1) Eben dieser Trennung wegen bezeichnet Aristoteles die mathematischen Dinge mit den Ausdrücken: τὰ ἐν ἀφαιρέσει (de anima. III cap. 4 § 8.), τὰ ἐξ ἀφαιρέσεως (Metaph. XI cap. 3 § 12).

2) De rep. VI. p. 510. c. 511. a.

3) L. c. p. 511. d. 533. c.

4) L. c. VII. p. 525. a.

mathematiſchen Beſtimmungen unterworfen werden, ohne welche ſie nicht in den Raum und die Zeit eintreten können [5]).

Im XIII. Buche der ariſtotel. Metaphyſik werden uns an verſchiedenen Stellen Sätze aus der platoniſchen Lehre über die Entſtehung der Zahlen mitgetheilt, welche für uns wegen Mangels hinlänglicher Erläuterung ſehr ſchwer verſtändlich ſind, theilweiſe aber eine größere Klarheit gewinnen, wenn man den Unterſchied der Idealzahlen und der mathematiſchen Zahlen immer gehörig im Auge behält.

Im Cap. 7. § 37. wird als eine Lehre der Platoniker an= geführt, daß die Vierzahl von der Zweizahl und die Achtzahl von der Vierzahl erzeugt werde [6]), und aus zwei anderen Stellen (§ 21 u. 31. im nemlichen Cap.) erſehen wir, daß dieſe Erzeugung mittels Zuhülfenahme des beſtimmbaren Elementes (der δυάς ἀόρι- στος) zu Stande kommen ſollte [7]). Aus dieſen Stellen glaubte Schwegler [8]) den Satz ableiten zu können: „Je die folgende Idealzahl iſt das Produkt einer früheren, erzeugt aus einer Ver= bindung derſelben mit der δυάς ἀόριστος.“ Gegen dieſe Auffaſſung erheben ſich jedoch mancherlei Bedenken:

Ariſtoteles verſichert uns wiederholt auf das Beſtimmteſte,

---

5) Auf die vermittelnde Stellung, welche hienach die mathematiſchen Be= ſtimmungen zwiſchen den Ideen und den ſinnlichen Dingen einnehmen, deutet die Bemerkung Syrians zu Ariſtot. Metaph. XIII cap. 6 § 12, nach welcher Plato gelehrt haben ſoll: εἶναι τὸν μαθηματικὸν (ἀριθμὸν) πρεσβύ- τερον μὲν ὄντα τοῦ φυσικοῦ, καταδεέστερον δὲ τοῦ εἰδητικοῦ. — Auch Ari= ſtoteles erwähnt, daß Plato das Mathematiſche überhaupt das zwiſchen den Ideen und den ſinnlichen Dingen in der Mitte Stehende (τὸ μεταξύ) genannt habe. — Metaph. I cap. 6 § 6. vgl. cap. 9. § 29, III cap. 1 § 8 cap. 2 § 22, XIV cap. 3 § 16.

6) αἱ μὲν γὰρ ἐν τῇ τετράδι δυάδες ἕστωσαν ἀλλήλαις ἅμα· ἀλλ’ αὗται τῶν ἐν τῇ ὀκτάδι πρότεραί εἰσι, καὶ ἐγέννησαν, ὥσπερ ἡ δυὰς ταύτας, αὗται τὰς τε- τράδας τὰς ἐν τῇ ὀκτάδι αὐτῇ.

7) § 21: ἀλλ’ ἐκ τῆς δυάδος τῆς πρώτης καὶ τῆς ἀορίστου δυάδος ἐγίγνετο ἡ τετράς. — § 31: ἡ γὰρ ἀόριστος δυάς, ὡς φασι (nemlich die Platoniker), λαβοῦσα τὴν ὡρισμένην δυάδα δύο δυάδας ἐποίησεν· τοῦ γὰρ ληφθέντος ἦν δυο- ποιός. — Die ideale Zweiheit iſt hier als beſtimmte (ὡρισμένη δυάς), d. h. als die durch Beſtimmung aus den beiden Elementen gebildete, von der un= beſtimmten Zweiheit (ἀόριστος δυάς), d. i. dem beſtimmbaren Elemente wohl unterſchieden.

8) In ſeinem Commentare Bd. III. S. 221. vgl. Bd. IV. S. 319, 320 u. 322.

daß Plato die Idealzahlen aus dem bestimmbaren und bestimmen=
den Elemente habe entstehen lassen[9]). Nun haben wir zwar oben
S. 28 gefunden, daß in der Reihenfolge der Idealzahlen jede vor=
hergehende zum bestimmbaren Elemente für die nächst folgende
wird. Davon aber, daß eine vorhergehende Idealzahl jemals die
Stelle des bestimmenden Elementes bei der Erzeugung einer
nachfolgenden Idealzahl vertreten sollte, findet sich in den auf uns
gekommenen Nachrichten von dem Inhalte der platonischen Zahlen=
lehre nirgends die geringste Spur.

An einer anderen Stelle sagt Aristoteles, Plato habe darum
die Zweiheit zum materiellen Prinzip gemacht, weil sich aus ihr
die Zahlen „mit Ausnahme der ersten Zahlen" auf natür=
liche Weise wie aus einer bildsamen Masse ableiten ließen[10]).
Welche Zahlen unter diesen „ersten" Zahlen ($\pi\rho\acute{\omega}\tau o\iota\varsigma$ $\dot{\alpha}\rho\iota\vartheta\mu o\tilde{\iota}\varsigma$) zu
verstehen seyen, schien den Auslegern zweifelhaft. Einige glaub=
ten, Aristoteles habe damit die ungeraden Idealzahlen gemeint.
Diese Ansicht findet sich nicht bloß schon bei Alexander, sondern
man könnte sich zu ihrer Unterstützung auch auf eine weitere Stelle
in der aristotelischen Metaphysik[11]) beziehen, wo dem Plato der
Vorwurf gemacht wird, daß er mit seinem materiellen Prinzip,
dem $\mu\acute{\epsilon}\gamma\alpha$ $\varkappa\alpha\grave{\iota}$ $\mu\iota\varkappa\rho\acute{o}\nu$, keine anderen Zahlen als nur die auf Ver=
doppelung beruhenden hervorzubringen im Stande sey[12]).
Allein abgesehen davon, daß sich kein genügender Grund angeben
läßt, warum Aristoteles die ungeraden Zahlen schlechthin „die
ersten sollte genannt haben, steht diese Auslegung auch im Wi=
derspruche mit den angeführten Stellen, nach welchen Plato nicht

---

9) Metaph. I cap. 6 § 8: $\dot{\omega}\varsigma$ $\mu\grave{\epsilon}\nu$ $o\tilde{\upsilon}\nu$ $\H{\upsilon}\lambda\eta\nu$ $\tau\grave{o}$ $\mu\acute{\epsilon}\gamma\alpha$ $\varkappa\alpha\grave{\iota}$ $\tau\grave{o}$ $\mu\iota\varkappa\rho\grave{o}\nu$ $\epsilon\tilde{\iota}\nu\alpha\iota$
$\dot{\alpha}\rho\chi\acute{\alpha}\varsigma$, $\dot{\omega}\varsigma$ δ $o\dot{\upsilon}\sigma\acute{\iota}\alpha\nu$ $\tau\grave{o}$ $\grave{\epsilon}\nu\cdot$ $\grave{\epsilon}\xi$ $\grave{\epsilon}\varkappa\epsilon\acute{\iota}\nu\omega\nu$ $\gamma\grave{\alpha}\rho$ $\varkappa\alpha\tau\grave{\alpha}$ $\mu\acute{\epsilon}\vartheta\epsilon\xi\iota\nu$ $\tau o\tilde{\upsilon}$ $\grave{\epsilon}\nu\grave{o}\varsigma$ $\tau\grave{\alpha}$
$\epsilon\H{\iota}\delta\eta$ $\epsilon\tilde{\iota}\nu\alpha\iota$ $\tau o\grave{\upsilon}\varsigma$ $\grave{\alpha}\rho\iota\vartheta\mu o\acute{\upsilon}\varsigma$. — Ib. XIV cap. 3 § 19: $\tau\grave{o}\nu$ $\grave{\alpha}\rho\iota\vartheta\mu\grave{o}\nu$ $\gamma\epsilon\nu\acute{\epsilon}\sigma\vartheta\alpha\iota$
$\H{\alpha}\lambda\lambda\omega\varsigma$ $\mathring{\eta}$ $\grave{\epsilon}\xi$ $\grave{\epsilon}\nu\grave{o}\varsigma$ $\varkappa\alpha\grave{\iota}$ $\delta\upsilon\acute{\alpha}\delta o\varsigma$ $\grave{\alpha}o\rho\acute{\iota}\sigma\tau o\upsilon$ $\grave{\alpha}\delta\acute{\upsilon}\nu\alpha\tau o\nu$ $\varkappa\alpha\tau$ $\grave{\epsilon}\varkappa\epsilon\tilde{\iota}\nu o\nu$ (d. i. nach
Plato). Vgl. auch XIII cap. 6 § 7. u. cap. 7 § 20.

10) Metaph. I cap. 6 § 12: $\delta\iota\grave{\alpha}$ $\tau\grave{o}$ $\tau o\grave{\upsilon}\varsigma$ $\grave{\alpha}\rho\iota\vartheta\mu o\grave{\upsilon}\varsigma$ $\H{\epsilon}\xi\omega$ $\tau\tilde{\omega}\nu$ $\pi\rho\acute{\omega}$-
$\tau\omega\nu$ $\epsilon\dot{\upsilon}\varphi\upsilon\tilde{\omega}\varsigma$ $\grave{\epsilon}\xi$ $\alpha\dot{\upsilon}\tau\tilde{\eta}\varsigma$ $\gamma\epsilon\nu\nu\tilde{\alpha}\sigma\vartheta\alpha\iota$, $\H{\omega}\sigma\pi\epsilon\rho$ $\grave{\epsilon}\varkappa$ $\tau\iota\nu o\varsigma$ $\grave{\epsilon}\varkappa\mu\alpha\gamma\epsilon\acute{\iota}o\upsilon$.

11) XIV cap. 3 § 21. vgl. cap. 4 § 1.

12) Das Wort $\grave{\epsilon}\varkappa\mu\alpha\gamma\epsilon\tilde{\iota}o\nu$ haben wir schon oben §. 76. Note 16 bei Plato
zur Bezeichnung des bestimmbaren Elementes gefunden. Es hat aber auch
die Bedeutung eines Urbildes oder Modelles, nach welchem eine bildsame
Masse geformt werden kann. In diesem Sinne hat das $\grave{\epsilon}\varkappa\mu\alpha\gamma\epsilon\tilde{\iota}o\nu$ hier Alexan=
der verstanden, welcher bemerkt, wie die Modelle ($\tau\acute{\upsilon}\pi o\iota$) Alles, was in sie
hineingelegt werde, sich verähnlichen, so bringe auch die Dyas aus jeder
Zahl nach ihrer Form eine andere hervor, indem sie dieselbe verdoppele.

bloß die geraden, sondern sämmtliche Idealzahlen aus der δυάς ἀόριστος ableitete. Hienach, dann mit Rücksicht auf den gewöhnlichen Sprachgebrauch des Aristoteles kann der Ausdruck πρῶτοι ἀριθμοί hier entschieden nur auf die Idealzahlen überhaupt bezogen werden [13]). Geht man von dieser letzteren Ansicht aus, so konnte Aristoteles unter den übrigen Zahlen, welche sich auf natürliche Weise (εὐφυῶς) aus dem materiellen Prinzip Platos ableiten lassen, nur die mathematischen verstanden haben. Damit ist uns aber zugleich angedeutet, daß wir auch unter dem Produkte, welches nach Metaph. XIII cap. 7 § 21. u. 31. aus der Verbindung der idealen Zweizahl und des bestimmbaren Elementes ergibt, nicht die ideale sondern die mathematische Vierzahl zu verstehen haben.

Daß Aristoteles im XIII. Buche seiner Metaphysik die Idealzahlen nicht ausschließend zum Gegenstande seiner Erörterungen machte, und die Entstehung der mathematischen Zahlen nicht von der der Idealzahlen gesondert behandelte, darf uns nicht irre machen. Denn die Erzeugung der Idealzahlen steht, wie wir bereits (S. 20 u. f.) gezeigt haben und im Folgenden noch näher erläutern werden, mit jener der mathematischen Zahlen in innigem Zusammenhange. Schon aus diesem Grunde und wenn auch die Ideen in ihrer Eigenschaft als Zahlen nicht, wie Schwegler [14]) annimmt, zugleich die Vorbilder für die mathematischen Zahlen gewesen wären, konnte Aristoteles das Verhältniß beider Arten von Zahlen gar wohl zur Widerlegung der platonischen Theorie über die Idealzahlen benützen.

Schon Böckh hat darauf hingewiesen, wie das Eins, als theilbar gedacht, bereits die beiden Elemente der pythagoreischen Zahlenlehre in sich trage; denn es wird als solches durch seine unendliche Theilbarkeit zu einem Unbegrenzten (ἄπειρον), welches nur dadurch, daß man seine Theilung begrenzt und seine Theile wieder zur Einheit zusammenfaßt, auf eine bestimmte Zahl

---

13) Vgl. Metaph. XI cap. 2 § 16, XIII cap. 6 § 5. u. 14. cap. 7 § 2, 17, 21. u. 48. cap. 8 § 12, wo überall mit den Worten πρῶτος ἀριθμός, πρῶτον ἕν, πρώτη μονάς, δυάς etc. die Idealzahlen bezeichnet werden. — Trendelenburg a. a. O. p. 79. — Biese: „Die Philosophie des Aristoteles." Bd. I. S. 382. Note 1. — Zeller: „Platonische Studien." S. 255. — Bonitz („Aristotelis Metaphysica" P. II. pag. 95 ist dagegen wieder zur Auslegung Alexanders zurückgekehrt.

14) A. a. O. Bd. III. S. 182.

zurückgebracht werden kann[15]). Die mathematische Mehrzahl ent=
steht nun zwar nicht bloß durch Theilung des Eins, sondern
auch durch Verbindung von Einheiten, z. B. die Zweizahl da=
durch, daß 1 + 1 zusammengezählt wird[16]). Allein diese Ver=
bindung ist nur dadurch möglich, daß die mehreren Einheiten Theile
einer höheren Einheit werden, welche ihre Vielheit nur noch
potentiell enthält[17]). Ohne diese Annahme wäre die Thatsache,
welche den weisen Sokrates so sehr in Erstaunen setzte, daß
nämlich 2 aus 1 ebensowohl durch Zusammensetzung wie durch
Theilung, also durch entgegengesetzte Ursachen entsteht, aller=
dings ein unerklärliches Wunder.

Als untheilbar gesetzt ist das Eins an sich noch keine
Zahl, sondern nur Prinzip der Zahlen, und zwar, wie Aristoteles
sagt, aus dem Grunde, weil es sich dem Vielfachen der Zahl
gegenüber wie das Maß zum Meßbaren verhält[18]). Das untheil=
bare Eins wird erst zur Zahl, wenn es als Glied in der von
ihm eröffneten arithmetischen Zahlenreihe erscheint. Hier ist es
aber dann mit allen nachfolgenden Zahlen schon wieder als Theil
in einer höheren Einheit begriffen.

Aus Aristoteles[19]) ersehen wir, daß die Platoniker die Ent=
stehung der mathematischen Zahlen durch Theilung von der

---

15) „Philolaos ꝛc." S. 54.

16) Aristoteles nannte deshalb (Metaph. XIII cap. 8 § 40. u. 47.)
die Einheiten, aus welchen die mathematischen Zahlen zusammengesetzt sind,
Materie der Zahlen (ὕλη τῶν ἀριθμῶν) und die Verbindung dieser Einhei=
ten in den Zahlen ihre Form (εἶδος). Diese Unterscheidung findet offenbar
auf die Idealzahlen keine Anwendung.

17) Ἔστι γάρ πως ἓν ἑκάτερον τῇ μὲν ἀληθείᾳ δυνάμει, εἴγε ὁ ἀριθμὸς
ἕν τι καὶ μὴ ὡς σωρός, ἀλλ' ἕτερος ἐξ ἑτέρων μονάδων, ὥσπερ φασίν· ἐντε=
λεχείᾳ δ' οὐκ ἔστι μονὰς ἑκατέρα. Metaph. XIII cap. 8 § 45. —
τὰ γὰρ δύο οὕτως ἐντελεχείᾳ οὐδέποτε ἓν ἐντελεχείᾳ, ἀλλ' ἐὰν δυνάμει δύο ᾖ,
ἔσται ἕν, οἷον ἡ διπλασία ἐκ δύο ἡμίσεων δυνάμει γε. Ib. VII cap. 13 § 16.)

18) Ὡς μέτρον μετρητῷ Metaph. X cap. 6 § 12. — οὐκ ἔστι τὸ ἓν
ἀριθμός, ... ἀλλ' ἀρχὴ καὶ τὸ μέτρον καὶ τὸ ἕν. Ib. XIV cap. 1 § 13. —
μέτρον γάρ ἐστιν ᾧ τὸ ποσὸν γιγνώσκεται· γιγνώσκεται δ' ἢ ἑνὶ ἢ ἀριθμῷ τὸ πο=
σὸν ᾗ ποσόν, ὁ δ' ἀριθμὸς ἅπας ἑνί. ὥστε πᾶν τὸ ποσὸν γιγνώσκεται ᾗ ποσὸν τῷ
ἑνί, καὶ ᾧ πρώτῳ ποσὰ γιγνώσκεται, τοῦτο αὐτὸ ἕν· διὸ τὸ ἓν ἀριθμοῦ
ἀρχὴ ᾗ ἀριθμός. Ib. X cap. 1 § 16—17. vgl. XIII cap. 8 § 49. u.
XIV cap. 1 § 12. — Nach den Commentaren des Alexander zur Meta=
physik und des Simplicius zur Physik des Aristoteles soll Plato nicht die
μονάς, sondern die δυάς als die erste (mathematische) Zahl betrachtet haben.

19) Metaph. XIII cap. 7 § 52 u. 53.

burch Zusammenzählung unterschieden und auf diese Unter=
scheidung ein nicht geringes Gewicht legten. Aristoteles findet
dieses von seinem Standpunkte aus lächerlich. Der Unterschied,
welcher sich den Platonikern ergab, je nachdem sie die Entstehung
der Zahlen aus dem Gesichtspunkte der Theilung oder jenem der
Addition betrachteten, hatte jedoch ohne Zweifel seinen guten
Grund in dem Verhältnisse der mathematischen Zahlen zu den
Idealzahlen.

Die Entstehung der Idealzahlen durch Theilung finden wir,
wenn auch noch nicht auf dieselbe Art, wie sie vielleicht später
von Plato in seinen mündlichen Vorträgen entwickelt wurde, doch
ihrer wesentlichen Grundlage nach schon im „Parmenides" ent=
halten. Hier erörtert Plato zuerst (p. 137), wie das Eins als
schlechthin untheilbar gesetzt, etwas sich selbst Widersprechen=
des sey. Theilbar gesetzt, wird es (p. 142 b.), um die Mög=
lichkeit der Theilung zu begründen, als seyendes Eins sofort
in seine Elemente aufgelöst, nemlich in das ἕν und die οὐσία,
wovon das erstere als das bestimmende, die letztere als das be=
stimmbare Element erscheint [20]). Die aus der Theilung ent=
stehende Vielheit hat ihren Grund in der eigenthümlichen Natur
des bestimmenden Elementes [21]). Diese eigenthümliche Natur
besteht (nach S. 10 u. 33) darin, daß das bestimmbare Ele=
ment immer nur in Gegensätzen zur Existenz gelangen kann.
Daraus folgt, daß, wenn es überhaupt bestimmt werden soll,
dieses immer nur auf verschiedene Weise möglich ist.
Schon die erste Bestimmung bei der Verbindung beider Ele=
mente muß also eine Zweizahl hervorbringen [22]). Schon hier
lassen sich ferner zwei verschiedene Arten von Zweizahlen
unterscheiden. Die entgegengesetzten Bestimmungen, welche das
bestimmbare Element erlitten hat, sind, obwohl unter sich ver=
schieden, doch wegen ihrer gemeinschaftlichen Unterordnung un=
ter das ursprüngliche Eins gleichartig, bilden demnach eine ma=
thematische Zweizahl. Jede in dieser Zweizahl begriffene Ein=
heit ist jedoch nicht mehr die ursprüngliche Einheit, sondern eine

---

20) p. 143 a, 144 b, 158 b. c, 165 b.

21) Τοῦ γὰρ πολλὰ τὰ ὄντα εἶναι αἰτία αὐτῆς ἡ φύσις. **Metaph. XIII**
cap. 8 § 5. vgl. XII cap. 8 § 24.

22) Alexander ad Aristot. Metaph. I 6: ὁρισθεῖσαν δὲ τῷ ἑνὶ τὴν
ἀόριστον δυάδα γενέσθαι τὴν ἐν τοῖς ἀριθμοῖς δυάδα· ἐν γὰρ τῷ εἴδει ἡ δυὰς ἡ
τοιαύτη ἔτι πρῶτος μὲν ἀριθμὸς ἡ δυάς.

erst nach der Trennung der Elemente von diesen hervorgebrachte. Rechnet man nun die ursprüngliche Einheit der beiden Elemente als Eins, so entsteht für jede der beiden von den Elementen er= zeugten neuen Einheiten eine durch die ursprüngliche Einheit be= dingte und nach ihr ohne Zusammensetzung aus ihr gebildete, sohin ideale Zweizahl. — In jeder solchen Einheit ist das be= stimmbare Element begrenzt, nicht aber überwunden und daher fähig, eine neue Begrenzung, und zwar wieder durch entgegen= gesetzte Bestimmungen aufzunehmen. Das Ergebniß dieser neuen Begrenzung ist eine mathematische Vierzahl und bei jeder von den in dieser Vierzahl enthaltenen Einheiten eine ideale Dreizahl, das Ergebniß einer nochmaligen Begrenzung eine ma= thematische Achtzahl mit einer idealen Vierzahl u. s. w. — Im „Parmenides" zeigt Plato, wie auch in jedem einzelnen Pro= dukte der Theilung keines von beiden Elementen von dem andern ablassen könne, demzufolge jeder Theil sich immer wieder minde= stens in zwei andere theile, und auf diese Weise eine unendliche Vielheit entstehe [23]). Im ἕν erscheint das bestimmende Element wie von einem unersättlichen Hunger nach dem Seyn getrieben. Obwohl in jedem Theile mit dem bestimmbaren Elemente ver= bunden, findet es sich doch niemals befriedigt, sondern strebt sich mit diesem immer wieder auf's neue zu vereinigen. Das be= stimmbare Element aber kommt dem ἕν mit brünstigem Verlangen entgegen, und wird durch immer neue Verbindungen mit ihm zur Ausgebärung unendlich vieler Theile befruchtet. — Dasjenige, was der Theilung unterliegt, ist zunächst das bestimmbare Element [24]). Denn dieses kann immer nur um den Preis der

---

23) p. 142 e. u. 143 a.: Τί οὖν; τῶν μορίων ἑκάτερον τούτων τοῦ ἑνὸς ὄντος, τό τε ἓν καὶ τὸ ὄν, ἆρα ἀπολείπεσθον ἢ τὸ ἓν τοῦ εἶναι μόριον ἢ τὸ ὂν τοῦ ἑνὸς μορίου; — Οὐκ ἂν εἴη. — Πάλιν ἄρα καὶ τῶν μορίων ἑκάτερον τό τε ἓν ἴσχει καὶ τὸ ὄν, καὶ γίγνεται τὸ ἐλάχιστον ἐκ δυοῖν αὖ μορίοιν τὸ μόριον, καὶ κατὰ τὸν αὐτὸν λόγον οὕτως ἀεί, ὅ τί περ ἂν μόριον γένηται, τούτω τὼ μορίω ἀεὶ ἴσχει· τό τε γὰρ ἓν τὸ ὂν ἀεὶ ἴσχει καὶ τὸ ὂν τὸ ἕν· ὥστε ἀνάγκη δύ' ἀεὶ γιγνόμενον μηδέποτε ἓν εἶναι. — Παντάπασι μὲν οὖν. — Οὐκοῦν ἄπειρον ἂν τὸ πλῆθος οὕτω τὸ ἓν ὂν εἴη; — Ἔοικεν.

24) L. c. p. 144 b.: Ἐπὶ πάντα ἄρα πολλὰ ὄντα ἡ οὐσία νενέμηται καὶ οὐδενὸς ἀποστατεῖ τῶν ὄντων, οὔτε τοῦ σμικροτάτου οὔτε τοῦ μεγίστου. — Κατα= κεχερμάτισται ἄρα ὡς οἷόν τε σμικρότατα καὶ μέγιστα καὶ παν= ταχῶς ὄντα, καὶ μεμέρισται πάντων μάλιστα, καὶ ἔστι μέρη ἀπέ= ραντα τῆς οὐσίας.

Zersplitterung in eine unendliche Vielheit zur Wirklichkeit ge=
langen [25]). Aber auch das Eins, sagt Plato, wird damit zu=
gleich getheilt; denn es kann in den Theilen, von welchen jeder
(κατὰ μέϑεξιν τοῦ ἑνός) für sich selbst wieder ein Eins ist, nicht
als Ganzes enthalten seyn, sondern muß vielmehr wegen seiner
Verbindung mit dem Seyn diesem in die Theilung folgen und
gleich ihm zu einem Unendlichen werden [26]). Um jedoch diesen
Gedanken richtig zu fassen, haben wir das ursprüngliche Eins
als Einheit beider Elemente (τὸ ὅλον ἓν ὄν) von dem Eins als
bestimmenden Elemente (dem ἕν im Gegensatze zum εἶναι) zu
unterscheiden. Als bestimmendes Element kann es selbst keiner
Theilung unterliegen, weil es dasjenige ist, was die Theilung
bewirkt und durch die Begrenzung des bestimmbaren Elementes
in jedem Theile eine Einheit desselben hervorbringt [27]). Wenn

---

25) Die unendliche Vielheit kann zwar ebendeshalb, weil sie eine un=
endliche ist, niemals erreicht werden; aber darum enthält auch die vom
bestimmbaren Elemente in der materiellen Welt der sinnlich wahrnehmbaren
Dinge erlangte Wirklichkeit kein wahres Seyn, keine οὐσία, sondern nur eine
γένεσις εἰς οὐσίαν. — Phileb. p. 26 d, — oder, wie es im Tim. p. 28 a.
heißt, ein γιγνόμενον ἀεί, ὂν δὲ οὐδέποτε.

26) L. c. p. 144 c—e: Πρὸς ἅπαντι ἄρα ἑκάστῳ τῷ τῆς οὐσίας μέρει
πρόσεστι τὸ ἕν, οὐκ ἀπολειπόμενον οὔτε σμικροτέρου οὔτε μείζονος μέρους οὔτε
ἄλλου οὐδενός. — Ἆρα οὖν ἓν ὂν πολλαχοῦ ἅμα ὅλον ἐστί; τοῦτο ἄϑρει. —
Ἀλλ' ἀϑρῶ, καὶ ὁρῶ ὅτι ἀδύνατον. — Μεμερισμένον ἄρα, εἴπερ μὴ ὅλον· ἄλλως
γάρ που οὐδαμῶς ἅμα ἅπασι τοῖς τῆς οὐσίας μέρεσι παρέσται ἢ μεμερισμένον. —
Καὶ μὴν τό γε μεριστὸν πολλὴ ἀνάγκη εἶναι τοσαῦτα ὅσαπερ μέρη. —
Οὐκ ἄρ' ἀληϑῆ ἄρτι ἐλέγομεν, λέγοντες ὡς πλεῖστα μέρη ἡ οὐσία νενεμημένη εἴη.
οὐδὲ γὰρ πλείω τοῦ ἑνὸς νενέμηται, ἀλλ' ἴσα, ὡς ἔοικε, τῷ ἑνί· οὔτε γὰρ τὸ ὂν
τοῦ ἑνὸς ἀπολείπεται οὔτε τὸ ἓν τοῦ ὄντος. ἀλλ' ἐξισοῦσϑον δύ' ὄντε ἀεὶ παρὰ
πάντα. — Τὸ ἓν ἄρ' αὐτὸ κεκερματισμένον ὑπὸ τῆς οὐσίας πολλά
τε καὶ ἄπειρα τὸ πλῆϑός ἐστιν.

27) Vgl. l. c. p. 142 e, — ferner: p. 158 a, b u. d: Μετέχοι δὲ (τὸ
μόριον) γε ἂν τοῦ ἑνὸς δῆλον ὅτι ἄλλο ὂν ἢ ἕν· οὐ γὰρ ἂν μετεῖχεν, ἀλλ' ἦν ἂν
αὐτὸ ἕν. — Τὰ δ' ἕτερα τοῦ ἑνὸς πολλά που ἂν εἴη. — Τοῖς ἄλλοις δὴ τοῦ
ἑνὸς ξυμβαίνει ἐκ μὲν τοῦ ἑνὸς καὶ ἐξ ἑαυτῶν κοινωνησάντων, ὡς
ἔοικεν, ἕτερόν τι γίγνεσϑαι ἐν ἑαυτοῖς, ὃ δὴ πέρας παρέσχε πρὸς ἀλ-
ληλα· ἡ δ' ἑαυτῶν φύσις καϑ' ἑαυτὰ ἀπειρίαν. — Alexander in
comment. ad Aristot. Metaph.: ἔστι ... τὸ μὲν γὰρ διπλάσιον πολύ, τὸ δὲ
ἥμισυ ὀλίγον· ἃ ἔστιν ἐν τῇ δυάδι· ἔστι δὲ ἐναντία τῷ ἑνί, εἴγε τὸ μὲν
ἀδιαίρετον τὸ δὲ διῃρημένον. — Simplicius in comment. ad Aristot. Phys.: πρῶτος δὲ ἄρτιος ἐν ἀριϑμοῖς ἡ δυάς, ἀλλὰ καϑ' αὑτὴν μὲν ἀόρι-
στος· ὡρίσϑη δὲ τῇ τοῦ ἑνὸς μετοχῇ· ὥρισται γὰρ ἡ δυὰς καϑ' ὅσον ἓν
τι εἶδός ἐστι. στοιχεῖα οὖν καὶ ἀριϑμῶν τὸ ἕν καὶ ἡ δυάς, τὸ μὲν περαῖνον

alfo hier von einer Theilung des Eins die Rede ist, so kann da=
mit nur das urſprüngliche Eins gemeint ſeyn. Aber auch
dieſes wird nicht ſo getheilt, daß es dadurch als Ganzes aufge=
hoben würde, ſondern es begreift vielmehr die Theile in ſich,
und wird dadurch Eines und Vieles zugleich[28]). Die Thei=
lung des urſprünglichen Eins beſteht alſo eigentlich in einer Ver=
vielfältigung deſſelben durch unendlich viele Abbilder, welche nur
durch die Theilnahme an ſeinem Seyn und ſeiner Einheit für
ſich zum Seyn und zur Einheit gelangen können. Dasjenige,
was der Theilung unterliegt, iſt alſo doch immer nur das „Seyn“
des urſprünglichen Eins, und in demſelben Maße, in welchem
dieſes getheilt wird, vermehrt ſich das „Eins“. Der nem=
liche Prozeß fortgeſetzter Beſtimmungen des beſtimmbaren Ele=
mentes, welcher die Idealzahlen durch Diviſion hervorbringt,
enthält daher auch den Grund für die Entſtehung der mathe=
matiſchen Zahlen durch Multiplikation. Das einfache
Zuſammenzählen oder die Addition bildet gar keine urſprüngliche
Art der Entſtehung von Zahlen, ſondern iſt nur ein ſucceſſives
Auffaſſen zählbarer Dinge, um ſie unter eine beſtimmte (im Geiſte)
ſchon vorhandene Zahl zu ſetzen.

Auffallend iſt hiebei nur, daß, auf dieſe Weiſe, während die
Idealzahlen ununterbrochen fortſchreiten, bei den mathematiſchen
Zahlen nur die Reihenfolge der geraden Zahlen ihre Erklä=
rung findet. Die δυάς ἀόριστος hat bei Hervorbringung der ma=
thematiſchen Zahlen immer nur die Wirkung der Verdop=
pelung, weshalb ſie auch Ariſtoteles wie mit einem ſtändigen
Ausdrucke „Verdopplerin“ (δυοποιός) nennt[29]). Sie verdoppelt
jede Zahl, welche ihrem Einfluſſe ausgeſetzt wird[30]). Erhält ſie
eine Einheit, ſo macht ſie Zwei daraus; gibt man ihr die mit
der idealen Zweizahl entſtandene mathematiſche Zweizahl, ſo ver=
doppelt ſie dieſe zu Vier, und überläßt man ihr die mit der

καὶ εἰδοποιοῦν, ἡ δὲ ἀόριστος καὶ ἐν ὑπεροχῇ καὶ ἐλλείψει. (Brandis: „Diatribe etc.“ p. 29 u. 31.).

28) Parmen. p. 144 e. 145 a.: Καὶ μὴν ὅτι γε ὅλου τὰ μόρια μόρια, πεπερασμένον ἂν εἴη κατὰ τὸ ὅλον τὸ ἕν· ἢ οὐ περιέχεται ὑπὸ τοῦ ὅλου τὰ μόρια; —
Ἀνάγκη. — Τὸ ἓν ἄρα ὂν ἕν τί ἐστι πού τε καὶ πολλά, καὶ ὅλον καὶ μόρια,
καὶ πεπερασμένον καὶ ἄπειρον πλήθει.

29) Metaph. XIII cap. 7 § 31, cap. 8 § 25.

30) Τοῦ γὰρ ληφθέντος ἦν δυοποιός. l. c. cap. 7 § 31.

idealen Dreizahl entstandene mathematische Vierzahl zur Verdoppelung, so erzeugt sie die mathematische Achtzahl[31]).

Hienach ergibt sich nun für die oben (S. 42) angeführten Stellen eine andere, von der Auslegung Schweglers wesentlich verschiedene Bedeutung. Abgesehen davon, daß wir diese Stellen nicht wie Schwegler auf die Entstehung der Idealzahlen, sondern nur auf die der mathematischen beziehen können, ist uns auch nicht, wie Schwegler[32]) annimmt, die frühere Idealzahl produzirender Faktor. Aktiv produzirend ist immer nur das bestimmende Element (ἕν). Die früheren Idealzahlen bilden hiebei, insofern sie als Bestimmungen des bestimmbaren Elementes wieder weiter bestimmbar sind, den passiven, materiellen Faktor, und die in diesen Bestimmungen fortwirkende Kraft der δυὰς ἀόριστος ist die Ursache, daß die darin enthaltene mathematische Zahl sich im Produkte verdoppelt.

Demgemäß mochte Aristoteles sich allerdings veranlaßt gefunden haben, der platonischen Zahlenlehre den Vorwurf zu machen, daß sie aus ihrem materiellen Princip nur die auf Verdoppelung beruhenden Zahlen abzuleiten vermöge (vgl. oben S. 43). Wären ferner die Anfangsworte des 4. Kapitels im XIV. Buche der Metaphysik[33]) wie Brandis[34]) annimmt, wirklich auf die Platoniker zu beziehen, so würde es sogar den Anschein gewinnen, als hätte es Plato gar nicht einmal versucht, die Entstehung der ungeraden mathematischen Zahlen in seinen Vorträgen zu erklären. Daß jedoch Plato auch dieser gedachte, ersehen wir aus seinen Erörterungen im „Parmenides." Hier zeigt er (p. 143 b—d), wie die beiden Elemente des „seyenden Eins" nur durch ein Drittes verschieden seyn könnten, welches weder mit dem „Eins" noch mit dem „Seyn" identisch sey[35]). Erst durch die Hinzunahme dieses Dritten erlangt das Ganze

---

31) Vgl. oben Note 6 u. 7.

32) A. a. O. Bd. IV S. 322.

33) Τοῦ μὲν οὖν περιττοῦ γένεσιν οὔ φασιν, ὡς δῆλον ὅτι τοῦ ἀρτίου οὔσης γενέσεως.

34) „Diatribe etc." p. 40.

35) Ἄλλο τι ἕτερον μὲν ἀνάγκη τὴν οὐσίαν αὐτοῦ εἶναι, ἕτερον δὲ αὐτό (τὸ ἕν); εἴπερ μὴ οὐσία τὸ ἕν, ἀλλ' ὡς ἐν οὐσίας μετέσχεν. — Οὐκοῦν εἰ ἕτερον μὲν ἡ οὐσία, ἕτερον δὲ τὸ ἕν, οὔτε τῷ ἓν τὸ ἓν τῆς οὐσίας ἕτερον οὔτε τῷ οὐσία εἶναι ἡ οὐσία τοῦ ἑνὸς ἄλλα, ἀλλὰ τῷ ἑτέρῳ τε καὶ ἄλλῳ ἕτερα ἀλλήλων. — Ὥστε οὐ ταὐτόν ἐστιν οὔτε τῷ ἑνὶ οὔτε τῇ οὐσίᾳ τὸ ἕτερον.

seinen vollständigen Ausdruck [36]). Hierauf wird (p. 143 e — 144 a)
gefolgert, wie die Dreizahl das Ungerade in die Zahlen eingeführt
und damit der Entstehungsgrund für alle möglichen Zahlen gewon=
nen sey. — Das von beiden Elementen verschiedene Dritte muß
eben deshalb, weil es beide Elemente von einander unterscheiden
soll, etwas beiden Gemeinschaftliches seyn, was zugleich beide
mit einander verbindet, folglich ein synthetisches Element.
Durch dieses erst erhält die Manigfaltigkeit der Bestimmungen
einen freieren Spielraum; denn in ihm liegt eine selbständige
Bestimmungsursache, wodurch das Zusammenwirken der anderen
Elemente vermittelt und hiebei jedem Elemente das Maß seiner
Wirksamkeit festgesetzt wird. Schreiten die Bestimmungen in der
Weise fort, daß jede hervorgebrachte Bestimmung wieder zum
Maßstabe für die nächstfolgende genommen wird, so vermehren
sich die mathematischen Zahlen im quadratischen Verhältnisse.
Ein Beispiel dieser Art zeigt uns die Natur im Gesetze des Fal=
les, bei welchem durch die gleichmäßig fortgesetzte Schwerewirkung
die Schnelligkeit sich fortwährend nach dem Maße der bereits er=
reichten Schnelligkeit vermehrt, so daß sich die zurückgelegten
Räume verhalten wie die Quadrate der Zeiten. Werden nicht
die Bestimmungen der letzten Stufe, sondern die einer frühe=
ren als Maßstab für die weitere Bestimmung angewendet, so
entsteht jedesmal und zwar selbst dann, wenn die im Maßstabe
enthaltene mathematische Zahl eine ungerade seyn sollte, doch
vermöge der verdoppelnden Wirkung der δυὰς ἀόριστος eine ge=
rade Zahl. Eine ungerade mathematische Zahl kann dagegen erst
dann zum Vorschein kommen, wenn das synthetische Element bis
zur ursprünglichen Einheit zurückgeht und das bestimmende Ele=
ment einfach zur weiteren Bestimmung verwendet, wodurch ent=
weder die bisherige mathematische Zahl um eine Bestimmung
vermehrt oder die durch die verdoppelnde Wirkung der δυὰς
ἀόριστος hervorgebrachte mathematische Zahl der neuen Bestim=
mungen um eine überzählig wird.

Diese Unterscheidungen erhellen uns den Sinn der sonst schwer
verständlichen Stelle in der aristotelischen Metaphysik XIII cap. 8
§ 27. — Aristoteles will hier zeigen, in welche Schwierigkeiten
man sich durch die Ansicht verwickelt, daß die Zahl etwas Für=
sichseyendes sey, mag man sie nun als unendlich oder als begrenzt

---

36) Εἰ δὲ ἓν ἕκαστον αὐτῶν ἐστι, συντεθέντος ἑνός ὁποιουοῦν ἡτινιοῦν συζυ-
γίᾳ οὐ τρία γίγνεται τὰ πάντα; — Ναί.

annehmen. Unendlich, behauptet er, könne die Zahl deshalb nicht seyn, weil jede Zahl gerade oder ungerade seyn müsse, die unendliche Zahl aber weder als gerade noch als ungerade gedacht werden könne. Der Satz, daß jede Zahl nothwendig gerade oder ungerade seyn müsse, wird jedoch nicht als ein sich von selbst verstehender bloß vorausgesetzt, sondern selbst wieder aus der Entstehung der Zahlen bewiesen, und zwar auf folgende Weise: ἡ δὲ γένεσις τῶν ἀριθμῶν ἢ περιττοῦ ἀριθμοῦ ἢ ἀρτίου ἀεί ἐστιν, ᾧ μὲν τοῦ ἑνός εἰς τὸν ἄρτιον πίπτοντος περιττός, ᾧ δὲ τῆς μὲν δυάδος ἐμπιπτούσης ὁ ἀφ᾽ ἑνὸς διπλασιαζόμενος ᾧ δὲ τῶν περιττῶν ὁ ἄλλος ἄρτιος. — Den Worten πίπτω und ἐμπίπτω läßt sich unmittelbar weder die Bedeutung einer Addition, noch die einer Multiplikation beilegen [37]). Im ersten Falle bliebe unerklärbar, wie durch Addition einer geraden und einer ungeraden Zahl eine gerade Zahl entstehen, und im zweiten Falle, wie eine gerade Zahl durch Multiplikation mit Eins in eine ungerade verwandelt werden sollte. Ebensowenig läßt sich annehmen, daß Aristoteles in einem und demselben Satze so verschiedene Begriffe mit dem nemlichen Ausdrucke bezeichnen wollte, ohne ihn einer ganz unverständlichen Sprachweise zu beschuldigen. Diese Worte können daher nichts anderes bedeuten, als die Anlegung des Maßstabes bei der Verbindung des bestimmenden und des bestimmbaren Faktors durch das synthetische Element zur Hervorbringung einer neuen Zahl. Der bestimmbare Faktor ist hier die gerade Zahl; denn diese entsteht schon durch die erste weitere Bestimmung der ersten Idealzahl. Aus ihr müssen sich also alle weiteren Zahlen entwickeln. Soll nun mit ihr das bestimmende Element verbunden werden, so kann eine solche Verbindung nur nach einem breifachen Maßstabe geschehen, nemlich:

1) nach der ursprünglichen Einfachheit des bestimmenden Elementes oder

2) nach der eigenthümlichen Natur der δυὰς ἀόριστος oder

3) nach einer bereits vorhandenen Zahl.

Im ersten Falle entsteht, wie bereits gezeigt, jedesmal eine ungerade Zahl, im zweiten Falle eine einfache Verdoppelung derjenigen Zahl, welche den bestimmbaren Faktor bildete. Im dritten Falle könnte man wieder weiter unterscheiden, ob eine

---

87) Bonitz l. c. pag. 557 hat zwar diese Auslegung angenommen, findet sich aber hiemit, wie aus seinen beigefügten Bemerkungen erhellt, selbst nicht befriedigt.

gerabe ober ungerabe Zahl zum Maßstabe genommen wurde.
Den Fall, wenn eine gerabe Zahl zum Maßstabe genommen
wurde, konnte Aristoteles mit Stillschweigen übergehen, weil es
sich von selbst versteht, daß durch die Verbindung zweier gerader
Zahlen nur wieder eine gerabe Zahl entsteht. Aber auch bann,
wenn eine ungerabe Zahl zum Maßstabe genommen wurde, muß
sich vermöge der verdoppelnden Wirkung der δυὰς ἀόριστος bei
der Bestimmung immer eine ge ra be Zahl ergeben.

Das be stimmbare Element ist, wie schon erwähnt, seiner
Natur nach auf die Hervorbringung einer unendlichen Vielheit
gerichtet und erzeugt, insoweit Zahlbestimmungen von ihm ab=
hängen, immer nur gerabe Zahlen, die durch ihre Theilbarkeit
schon wieder den Keim zur Entwicklung einer neuen Vielheit in
sich tragen. Das bestimmende Element bagegen hat das Stre=
ben des bestimmbaren Elementes nach der unendlichen Vielheit
auf ein bestimmtes Maß einzuschränken, und verstattet ihm durch
die Produktion der ungeraden Zahlen nur ein allmäliges, ord=
nungs= und gesetzmäßiges Fortschreiten. In der Abwechslung
zwischen dem Geraden und Ungeraden, durch welche sich die na=
türliche Zahlenreihe 1, 2, 3, 4, 5 u. s. w. fortbewegt, zeigt sich
ein oszillatorisches Schwanken, wobei bald der Einfluß des be=
stimmbaren Elementes, bald der des bestimmenden das Uebergeꞏ
wicht erlangt. So oft es dem bestimmbaren Elemente gelungen
ist, durch die Verdoppelung früher produzirter Zahlen sich eine
Quelle neuer Vielheit zu eröffnen, wird der Fortschritt wieder
durch unmittelbare Einwirkung des bestimmenden Elementes in
der nächsten ungeraden, nur um eine einzige Einheit vermehrten
Zahl auf den möglichst kleinsten Umfang beschränkt und erst in
der darauf folgenden geraden Zahl dem bestimmbaren Elemente
wieder ein neuer Spielraum zur Hervorbringung einer weiteren Viel=
heit gestattet. Während in der quadratisch fortschreitenden Zah=
lenreihe das bestimmbare Element entfesselt erscheint und die
Zahlbestimmungen gewaltsam, wie im Sturze mit sich fortreißt,
bildet die Reihenfolge der ungeraden Zahlen: 3, 5, 7, 9 ꝛc. ge=
wissermaffen eine durch die Reihe der geraden Zahlen sich hin=
burchziehende feste Leiter, woburch die Zahlenbildung gleichsam
im Sturze aufgehalten und in das Geleise eines ruhigen und
gleichmäßigen Auf= und Absteigens der Bestimmungen mit dem
jebesmaligen Unterschiede von 1 zu 1 eingeengt wird. Die ent=
gegengesetzte Stellung, welche in dieser Hinsicht die Reihe der un=
geraden Zahlen der Reihe der quadratisch fortschreitenden Zahlen

gegenüber einnimmt, zeigt sich auch darin, daß beide Zahlenreihen zu einander in einem ergänzenden Verhältnisse als Supplement einer gleichfalls wieder quadratisch fortschreitenden Zahlenreihe stehen:

$$1^2 + 3 = 2^2$$
$$2^2 + 5 = 3^2$$
$$3^2 + 7 = 4^2$$
$$4^2 + 9 = 5^2 \text{ u. s. w.}$$

Diese Zahlen wurden deshalb von den Pythagoreern Winkelmaße ($\gamma\nu\acute{\omega}\mu\iota\nu\epsilon\varsigma$) genannt[37]). Läßt man die Reihe der ungeraden Zahlen durch Subtraktion beschränkend auf die quadratische Zahlenreihe wirken, so ergibt sich eine andere Reihe von Zahlen, welche sich weniger schnell vermehren und unter sich selbst wieder nach der Reihe der ungeraden Zahlen von einander abstehen:

$$1 - 3 = -2$$
$$= 1$$
$$4 - 5 = -1$$
$$= 3$$
$$9 - 7 = +2$$
$$= 5$$
$$16 - 9 = +7$$
$$= 7$$
$$25 - 11 = +14$$
$$= 9$$
$$36 - 13 = +23$$
$$= 11$$
$$49 - 15 = +34$$

Verbinden sich dagegen beide Zahlenreihen mit einander, so wird dadurch das bestimmbare Element nicht bloß in derselben Weise entfesselt wie bei der einfachen Bildung der Quadratzahlen, sondern die Verbindung beider Zahlenreihen hat überdieß noch zur Folge, daß jede Quadratzahl schon um eine Stufe früher erreicht wird.

---

38) Böckh a. a. O. S. 142. — Weiße: „Aristoteles Physik, übers. u. mit Anmerk. begl." 1829. S. 400.

III

Die aristotelische Kritik und Umgestaltung der platonischen Ideenlehre.

Dadurch, daß Plato nicht bloß die sinnlichen Dinge, sondern auch noch die Ideen in ihre Elemente auflöste, ergaben sich ihm zwei bestimmbare Elemente, das eine als Materie der Ideen, das andere als Materie der sinnlichen Dinge. Es fragt sich daher, in welchem Verhältnisse wir uns diese beiden Materien zu einander denken sollen.

Ihre Natur wird uns zwar überall ganz übereinstimmend geschildert, und nach Aristoteles[1] und den Erläuterungen seiner Commentatoren Themistius, Simplicius und Philoponus[2] soll es ein und die nemliche Materie gewesen seyn, welche Plato im „Timäus" als stoffliches Element der sinnlichen Dinge μεταληπτικόν und in seinen mündlichen Vorträgen als stoffliches Element der Ideen τὸ μέγα καὶ τὸ μικρόν nannte. Dennoch können wir beide Materien nicht geradezu als identisch betrachten, weil dann nur ein einziger Gegensatz von Elementen vorhanden wäre, welcher schon durch die Ideenbildung aufgehoben würde, und sich nicht absehen ließe, wie die Ideen noch mit dem nemlichen bestimmbaren Elemente, welches sie als eigene Materie in sich hätten, in ein neues Verhältniß der Wechselwirkung treten könnten, um die sinnlichen Dinge hervorzubringen. Ohne dieses zweite Verhältniß würde aber die Unterscheidung der Ideen von den sinnlichen Dingen, worauf Plato ein so großes Gewicht legt, gänzlich unhaltbar. — Zeller[3] sucht den Unterschied zwischen beiden dadurch abzuschwächen, daß er den sinnlichen Dingen im Gegenhalte zu den Ideen alle Selbständigkeit benimmt und ihr Seyn von dem der Ideen völlig absorbirt werden läßt. Nun ist es zwar allerdings richtig, daß Plato den sinnlichen Dingen kein wahres, sondern nur ein scheinbares Seyn beilegte, und als das in ihnen wahrhaft Seyende (ὄντως ὄν) die Ideen betrachtete. Mag jedoch auch Plato dasjenige, was uns in den sinnlichen Dingen als etwas von den Ideen Verschiedenes erscheint, immerhin ein Nichtseyendes nennen, so läßt sich doch diese Bezeichnung nicht auf die Erscheinung selbst beziehen. Die Erscheinung als

---

1) Phys. III. 4. u. IV. 2. — Metaph. I cap. 6 § 15—16.
2) Bei Brandis: „Diatribe etc." p. 26 etc.
3) „Platonische Studien." S. 181.

folche ift eine Thatfache der Erfahrung, welcher Plato ihre Wirk=
lichkeit nirgends abzusprechen wagte, und da, wo er die sinnlichen
Dinge den Ideen entgegensetzt, nennt er auch jene nicht ein ganz
und gar Nichtseyendes, sondern nur ein zwischen dem Wahrhaft=
seyenden und dem Nichtseyenden in der Mitte Schwebendes[4]).
Ebendeshalb, weil die Erscheinung der sinnlichen Dinge nicht
schon mit den Ideen gegeben ist, sondern sich ihm als etwas
ausser diesen Gelegenes darstellte, bedurfte es zur Erklärung
des Unterschiedes eines selbständigen Prinzips, — einer
zweiten, von den Ideen unabhängigen Materie. — Aristoteles
bemerkt auch an einer Stelle ausdrücklich, daß Plato verschie=
dene materielle Prinzipien angenommen habe[5]), und im „Ti=
mäus" finden wir die Nothwendigkeit derselben von Plato selbst
ausgesprochen. Nachdem hier zuerst die Erschaffung der Welt=
seele und alles Uebrigen, was zu einer vollkommenen idealen Welt
gehört, erörtert wurde, läßt Plato (Cap. 17. pag. 48.) den Ti=
mäus plötzlich seinen Vortrag abbrechen und eine ganz neue Be=
trachtung mit der Bemerkung anfangen, bisher sey nur das durch
den Verstand Erzeugte nachgewiesen worden, es müsse aber auch
das durch die Nothwendigkeit Hervorgerufene behandelt werden.
Früher hätten zwei Arten, die des Vorbildes und des Nachbil=
des für die Betrachtung ausgereicht, jetzt müsse aber auch noch
eine dritte, schwierige und dunkle Gattung erörtert werden.
Nach dieser Bemerkung wird dann sogleich zur Darstellung des
Stoffes der sinnlichen Dinge oder der sogen. „platonischen Ma=
terie" (vgl. oben S. 7 u. f.) übergegangen.

In unmittelbarem Zusammenhange mit der Annahme dieser
verschiedenen Materien steht die Trennung der Ideen von
den sinnlichen Dingen, welche Aristoteles bei jeder Gelegen=
heit als den Grundirrthum der platonischen Ideenlehre bezeichnet
und in seinen Consequenzen lächerlich zu machen sucht. Hierauf
beruhen auch alle Einwendungen, welche Aristoteles gegen die
platonische Ideenlehre vorbrachte. Rechnet man diejenigen, welche,
wie z. B. der Vorwurf, daß die Platoniker von Kunstprodukten
keine Ideen annehmen[6]), auf Plato selbst offenbar nicht bezogen

---

4) De rep. V p. 477 a: εἰ δὲ δή τι οὕτως ἔχει ὡς εἶναί τε καὶ μὴ εἶναι,
πῶς μεταξὺ ἂν κέοιτο τοῦ εἰλικρινῶς ὄντος καὶ τοῦ αὖ μηδαμῇ ὄντος; — Μεταξύ.

5) Metaph. XIV cap. 3 § 17: ἐξ ἄλλου δέ τινος μικροῦ καὶ μεγάλου
τὰ μεγέθη ποιεῖ. — vgl. ib. § 13. u. XIII cap. 9 § 2.

6) Metaph. XIII cap. 5 § 9.

werden können (vgl. oben S. 11), sowie diejenigen, welche bloß darauf abzielen, die platonischen Beweise für die Ideen als un=zulänglich darzustellen, hinweg, so reduziren sich dieselben haupt=sächlich auf folgende:

1) Wenn eine Idee von dem ihr Unterworfenen z. B. die Idee ζῷον vom Menschen und Pferde gesondert existirt, so frage sich, ob die Idee in diesen der Zahl nach Eins und Dasselbe oder Verschiedenes sey. Im ersten Falle ergäbe sich ein Widerspruch, denn das nur im Begriffe Eine könne in getrennten Dingen nicht numerisch Eins seyn, und zwar schon deshalb nicht, weil der Einheit des Gattungsbegriffes durch die Theilnahme an den Artunterschieden entgegengesetzte Bestimmungen zukommen würden. Im zweiten Falle würde die Gattung mit ihren Ar=ten vervielfältigt und dadurch die Einheit ihres Begriffes auf=gehoben, welche eben Plato in den Ideen festhalten wollte [7]).

2) Wenn die Ideen von den an ihnen Theil nehmenden Dingen verschieden sind, so hätten sie entweder mit diesen gar nichts gemein als den bloßen Namen, oder es bestehe zwischen beiden eine gewisse Gleichartigkeit. Im ersten Falle wären die Ideen für die Erkenntniß der Dinge völlig bedeutungslos; im zweiten Falle aber würde ihre Gleichartigkeit Theilnahme an einem gemeinschaftlichen Dritten voraussetzen [8]). Auf der letzteren Alternative beruht das sog. Argument „vom dritten Menschen,“ welches bei den Gegnern der platonischen Lehre sprich=wörtlich geworden zu sein scheint [9]).

3) Die Ideen reichen nicht aus, um dasjenige, was durch sie erklärt werden soll, begreiflich zu machen; denn sie enthalten nur die Formen der Dinge, welche erst mit der Materie in Ver=bindung kommen müssen, um die Dinge selbst hervorzubringen. Diese Verbindung können nur durch Bewegung zu Stande kom=men, wofür sich in den unwandelbaren Ideen kein Grund finde [10]).

4) Wenn Plato die Ideen „Vorbilder“ der sinnlichen Dinge nennt, und das Verhältniß dieser zu jenen als „Theilnahme“ bezeichnet, so sey das ein leeres Gerede und eine poetische Me=tapher, wodurch nicht nur nichts erklärt werde, sondern noch über=

---

7) Metaph. VII cap. 14.
8) L. c. I cap. 9 § 13—14, XIII cap. 4 § 21—22.
9) L. c. I cap. 9 § 6, XIII cap. 4 § 15.
10) L. c. I cap. 7 § 5. cap. 9 § 15, 23, 36, 40. XII cap. 6 § 5. cap. 10 § 21. XIII cap. 5 § 9.

dieß Ungereimtheiten entstünden. Da nemlich ein und dasselbe Ding unter mehrere Begriffe falle, z. B. Sokrates nicht bloß unter den Begriff des Menschen, sondern noch überdieß unter den des lebenden Wesens und des Zweifüßigen, so würden sich für ein und denselben Gegenstand mehrere Vorbilder ergeben und die Ideen nicht bloß Vorbilder der sinnlichen Dinge, sondern in dem Verhältnisse der Gattungsbegriffe zu den Arten auch von sich selbst seyn [11]).

Der letzte Einwand ist wohl unter allen der schwächste; denn Plato bediente sich des Ausdruckes „Theilnahme" (μέθεξις) zunächst nur zur Bezeichnung des Verhältnisses der einzelnen sinnlichen Dinge zu den Ideen. Denn nur von diesen Dingen sollten nach ihm die Ideen getrennt existiren. Insoferne die Ideen unter sich im Verhältnisse der Gattungen und Arten stehen, könnte zwar auch von einer Theilnahme der Arten an ihrem Gattungs= begriffe gesprochen werden; allein hier findet auch nach platonischer Ansicht keine Trennung mehr Statt, sondern in der Ideenwelt ist, wie Plato im „Parmenides" umständlich erörtert, die Einheit selbst in der Vielheit und diese in jene vollkommen aufgelöst. Ebendeshalb weil jede untergeordnete Idee sämmtliche ihr über= geordneten Ideen mit weiteren Bestimmungen wieder in sich trägt, kann man zwar mit Recht behaupten, daß jedes einzelne Ding nicht bloß an der ihr eigenthümlichen Idee, sondern durch diese zugleich auch an allen dieser übergeordneten Ideen Theil nimmt; nachgebildet ist es aber doch immer nur einer Idee, nemlich sei= nem durch die fortgesetzten Bestimmungen in der Ideenwelt ent= standenen Urbilde.

Von um so größeren Gewichte sind dagegen die beiden ersten Einwendungen (1 u. 2). Diese hat bereits Plato selbst im „Parmenides" (p. 131. a. u. 133. b.) vorgebracht, aber weder in diesem noch in einem anderen Dialoge widerlegt. Zeller [12]) glaubte zwar im zweiten Theile des „Parmenides" selbst eine Wi= derlegung dieser Einwendungen gefunden zu haben, nemlich in dem dialektischen Beweise, daß das Viele ohne das Eins ebensowenig wie das Eins ohne die in ihm begriffene Mannigfaltigkeit gedacht werden könne. Allein dieser ganze Beweis bezieht sich nur auf das Verhältniß der Ideen unter einander, nicht auf das der Ideen zu den einzelnen Dingen. Die Vielheit, welche hier aus

---

11) L. c. I cap. 9 § 18—21. XIII cap. 5 § 4—7.
12) A. a. O. S. 181—182.

der Einheit entwickelt wird, ist nur eine Vielheit der Ideen, welche sich Plato selbst, wie bereits erwähnt, nicht von der Einheit getrennt, sondern in ihr begriffen dachte.

Der hegelsche Gedanke, die Idee bis zu den wirklichen Dingen fortbestimmen zu wollen, kam dem Plato entschieden nicht in den Sinn; denn er erkannte sehr gut, daß diese Fortbestimmung, soweit sie auch fortgesetzt werden möge, immer nur wieder zu Ideen führen könne. Der Bereich der Wissenschaft erstreckt sich nach seiner Anschauung überhaupt nur soweit, als die Bestimmungen der Ideen noch in den Schranken der Zahl fortschreiten. Mit dem Eintritte der einzelnen Dinge eröffnet sich ihm ein ἄπειρον, wo mit dem Aufhören der Zahlbestimmungen auch das begriffliche Erkennen zu Ende ist, und in welches man daher, wie er selbst sagt [13]), die Begriffsbestimmungen erst dann entlassen dürfe, nachdem man sie bis zur äußersten Grenze der Erkennbarkeit fortgeführt habe. Bei der Erörterung über die Methode der dialektischen Wissenschaft bemerkt ferner Plato ausdrücklich, daß dieselbe nicht mit den sinnlichen Dingen, sondern nur mit Ideen endige [14]). Das Eigenthümliche, was die sinnlichen Dinge von den Ideen unterscheidet, liegt (vgl. oben S. 10.) in ihrer räumlichen und zeitlichen Bestimmtheit. Diese allein ist es, wodurch die sinnlichen Dinge der Erscheinungswelt angehören, und wofür Plato in der Ideenwelt keinen Grund mehr zu finden vermochte. Sie allein nöthigte ihn, ein eigenes, von den Elementen der Ideenwelt verschiedenes Prinzip anzunehmen, welches sich als Stoff zur Einbildung der Ideen im Raume und in der Zeit darbot.

Die Verbindung dieses Stoffes mit den Ideen konnte nun freilich Plato nicht mehr erklären, und hierauf bezieht sich der dritte Einwand, in welchem Aristoteles der platonischen Ideenlehre den Mangel eines bewegenden Prinzips zum Vorwurfe machte. Auch diese Lücke ist wieder nur eine Folge von der Annahme zweier verschiedener bestimmbarer Elemente und der hierauf beruhenden Trennung der Ideen von den sinnlichen Dingen; denn ohne diese hätte Plato nicht nöthig gehabt, die Verbindung der Ideen mit dem außer ihnen gelegenen Stoffe in den sinnlichen Dingen zu erklären.

Ueber alle diese Schwierigkeiten der platonischen Ideenlehre setzte sich Aristoteles einfach durch die Voraussetzung hinweg,

---

13) Phileb. p. 16 e. — Vgl. oben S. 22 u. 23.
14) De republ. VI. p. 511 c.

daß die Jdeen nicht von den einzelnen Dingen ge=
trennt, sondern eben nur das Allgemeine in diesen
selbst seyen. Dieser Satz war allerdings von so tief greifen=
der Bedeutung, daß sich damit das ganze platonische System um=
gestaltete. Folgen wir jedoch dem Aristoteles in der weiteren
Entwicklung seiner eigenen Lehre, durch welche er diese Umge=
staltung herbeiführte, so sehen wir ihn bald anderen, nicht ge=
ringeren Schwierigkeiten begegnen, und wir werden uns am Ende
überzeugen, daß der nemliche Stein des Anstoßes, bei welchem die
platonische Spekulation stehen blieb, auch dem Aristoteles eine
Schranke setzte, welche er, obwohl auf einem ganz andern Wege
dahin gelangend, nicht mehr zu überschreiten vermochte.

Die Folgen jenes Satzes, mit welchem sich Aristoteles von
der Anschauung Platos lossagte, treten zunächst in seiner Lehre
von der Substanz (οὐσία), dem Mittelpunkte der ganzen aristo=
telischen Metaphysik, hervor. Während Plato das wahrhafte
Seyn dem Allgemeinen in den Jdeen beilegte, ist nach Ari=
stoteles die οὐσία immer nur ein Einzelnes (καθ' ἕκαστον, τόδε
τι) und das Allgemeine nur Prädikat des Einzelnen[15]). Diese
Erklärung konnte aber für sich allein noch nicht genügen, denn
an jedem einzelnen Dinge bietet sich Mannigfaltiges, Stoff, Form,
Quantität, Qualität u. s. w. der Betrachtung dar. Es handelte
sich also darum, zu bestimmen, worin denn eigentlich die οὐσία
jedes einzelnen Dinges bestehe[16]). — Nur dasjenige, was nicht
als Prädikat an einem Anderen, sondern selbst Träger von
Prädikaten ist[17]), kann das im ursprünglichen Sinne (πρώτως)
Seyende seyn; alles Andere existirt nur im abgeleiteten Sinne
(ἑπομένως)[18]) und ist durch ersteres bedingt[19]). Nahm aber
Aristoteles alles dasjenige hinweg, was zu den Prädikaten ge=
hört, so blieb ihm nichts mehr übrig, was er als οὐσία
hätte betrachten können, als die reine, formlose Ma=
terie[20]). Diese aber ist etwas ganz Unbestimmtes und Univer=
selles (ἀόριστον, ὅλως ὑποκείμενον), das Einzelne dagegen immer

---

15) Metaph. VII cap. 1 u. 13.
16) Ib. cap. 1.
17) Τὸ μὴ καθ' ὑποκειμένου ἀλλὰ καθ' οὗ τὰ ἄλλα. l. c. cap. 3 § 2 u. 6.
18) L. c. cap. 4 § 20.
19) L. c. cap. 1 § 7.
20) L. c. cap. 3 § 7—13.

ein Bestimmtes und Gesondertes (ὡρισμένον καὶ χωριστόν). — Eben=
sowenig wie die reine Materie konnte Aristoteles die abge=
trennte Form als οὐσία betrachten, denn diese ist als solche
nur ein allgemeiner Begriff, welcher erst durch seine Verbindung
mit der Materie im Einzelnen zur Wirklichkeit gelangt. Wollte
er das aus der Materie und Form Zusammengesetzte οὐσία
nennen, so hatte er zu erklären, wie die Verbindung beider zu
Stande komme. Diese Aufgabe, sagt Aristoteles, läßt sich nicht
in der Weise lösen, daß man beide als verschieden betrachtet und
einen beide vermittelnden Begriff (λόγον ἑνοποιόν) aufsucht, son=
dern nur dadurch, daß man die Materie als das Vermögen
(δύναμις) der Form und die Form als die Wirklichkeit (ἐνέργεια) des in der Materie bereits dem Vermögen nach Enthalte=
nen betrachtet [21]). Die Materie ist für sich als unbestimmtes
Element überhaupt noch nichts Wirkliches, sondern wird solches
erst durch die Form [22]), und die Bestimmung der Materie zur
Form ist der Uebergang des dem Vermögen nach Seyenden
zur Wirklichkeit [23]).

Obgleich Aristoteles die Materie in ihrem ursprünglichen be=
stimmungslosen Zustande als den gemeinschaftlichen Grund
des Werdens aller Dinge bezeichnet [24]), so machte er doch in
mehreren Stellen darauf aufmerksam, daß nicht Alles aus der
gleichen Materie entstehe, sondern daß bei gewissen Dingen die
Form immer und nothwendig schon mit einer bestimmten Ma=
terie verbunden sey [25]). In diesen Stellen zeigt Aristoteles, wie
manche Dinge ein und dieselbe bestimmte Materie unter sich ge=
mein haben, zu welcher sie sich dann wie Besonderes zum All=
gemeinen verhalten, wie bei anderen Dingen die Form mit ver=
schiedenen Materien verbunden sey, welche sich selbst wieder

---

21) L. c. VIII cap. 6 § 18—19.

22) L. c. IX cap. 8 § 17: ἔτι ἡ ὕλη ἐστὶ δυνάμει, ὅτι ἔλθοι ἂν εἰς τὸ εἶδος·
ὅταν δὲ γ' ἐνεργείᾳ ᾖ, τότε ἐν τῷ εἴδει ἐστίν. — l. c. VIII cap. 1 § 11: ἔστι δ'
οὐσία τὸ ὑποκείμενον ἄλλως μὲν ἡ ὕλη (ὕλην δὲ λέγω ἣ μὴ τόδε τι οὖσα ἐνεργείᾳ δυνάμει ἐστὶ τόδε τι) ἄλλως δ' ὁ λόγος καὶ ἡ μορφή, ὃ τόδε τι ὂν τῷ λόγῳ
χωριστόν ἐστιν.

23) L. c. XII cap. 2 § 3: ἀνάγκη δὴ μεταβάλλειν τὴν ὕλην etc.· ἐπεὶ δὲ διτ-
τὸν τὸ ὄν, μεταβάλλει πᾶν ἐκ τοῦ δυνάμει ὄντος εἰς τὸ ἐνεργείᾳ ὄν, οἷον ἐκ λευ-
κοῦ δυνάμει εἰς τὸ ἐνεργείᾳ λευκόν.

24) L. c. VII cap. 8 § 1, XII cap. 2 § 4—6.

25) L. c. VII cap. 11 § 1—5, 10. etc., VIII cap. 4 § 1—6, XII
cap. 2 § 7—9, cap. 5 § 12.

auf ein höheres Allgemeine zurückführen laſſen, und wie end⸗
lich ein und das nemliche Ding aus mehreren Materien in
der Art beſtehen könne, daß die eine ſich zur andern wie die
Form zur Materie verhält. Dieſe verſchiedenen Materien ein
und des nemlichen Dinges, von welchen jede für ſich ſelbſt ſchon
zur Form beſtimmt iſt, und deren Beſtimmungen ſtufenweiſe vom
Allgemeinen zum Beſonderen unter ſich fortſchreiten, ſind es, welche
Ariſtoteles Theile der Subſtanz (τῆς οὐσίας μέρη) nennt und den
Merkmalen des Begriffes in der Definition (τοῦ λόγου μέρη ἐν
τῷ ὁρισμῷ) gegenüberſtellt [26]). Die Form eines jeden Dinges,
welche deſſen Subſtanz bildet, iſt nur die letzte Beſtimmung der
Materie in ihm (ἡ τελευταία διαφορά) [27]), folglich die Materie ſelbſt
auf der letzten Stufe der Entwicklung, welche ſie in dem Dinge
zu erreichen vermochte [28]), und da dieſe Entwicklung nur auf
einem ſtufenweiſen Uebergange vom Vermögen zur Wirklichkeit be⸗
ruht, ſo erklärt ſich hiedurch die Verbindung der mehrfachen Be⸗
ſtimmungen der Materie in der Subſtanz ebenſo wie die Einheit
der Merkmale des Begriffes in der Definition.

Das Beſtimmtwerden der Materie zur Form findet Ariſtoteles
in der Bewegung. Sie iſt ihm jener Vorgang, in welchem ſich
das nur dem Vermögen nach Seyende (τὸ δυνάμει ὄν) durch eigene
Thätigkeit (ἐνεργείᾳ) zur Wirklichkeit (ἐντελέχεια) erhebt [29]). Da
nun jede neue Form eine neue Thätigkeit vorausſetzt, und aus
jeder Form, inſoweit ſie als Gattung ſelbſt wieder zur Materie
wird, durch das Hinzukommen artbildender Unterſchiede neue For⸗
men entſtehen [30]), — ſo verwandelt ſich der Prozeß fortgeſetzter Be⸗
ſtimmungen, woraus Plato die Reihen und Ordnungen ſeiner
Ideen ableitete, hier in ein Syſtem von Thätigkeiten, durch
welche ſich im Erguſſe des Werdens alle Dinge aus dem gemein⸗

---

26) L. c. VII cap. 10, VIII cap. 1 § 8.

27) L. c. VII cap. 12 § 14—18.

28) Ἔστι δ' ἡ ἐσχάτη ὕλη καὶ ἡ μορφὴ ταὐτό. l. c. VIII cap. 6 § 19.

29) L. c. IX cap. 3 § 12, cap. 8 § 19—20, XI cap. 9 § 5. —
Die Worte ἐνέργεια und ἐντελέχεια werden von Ariſtoteles häufig in einer
Weiſe gebraucht, daß es ſchwer fällt, ihre Bedeutung zu unterſcheiden. Da
wo er aber beide einander gegenüberſtellt, kann die ἐνέργεια nur im Sinne
einer Thätigkeit, eines Wirkens aufgefaßt werden, welches die Wirklich⸗
keit (das durch die Thätigkeit hervorgebrachte Seyn) zur Folge hat. —
Trendelenburg: „Ariſtotelis de anima." p. 296—297. — Bieſe a. a.
O. Bd. I. S. 479. Note 4.

30) L. c. X cap. 8.

famen Grunde der urſprünglich unbeſtimmten Materie zur Wirk=
lichkeit erheben [31]).

Der Bewegung muß in dem ſich Bewegenden immer eine
Bewegungsfähigkeit, der ἐνέργεια eine δύναμις vorausgehen [32]).
Wenn aber die δύναμις in ἐνέργεια übergehen ſoll, ſo ſetzt dieſer
Uebergang ſchon eine thätige Urſache voraus, wodurch die
δύναμις in Bewegung geſetzt wird [33]), und ſo fort·jede weitere
Urſache, deren ἐνέργεια aus einer δύναμις hervorging, wieder eine
ἐνέργεια bis zu einer erſten bewegenden Urſache, welche von aller
Materie frei und reine, ewige Thätigkeit ſeyn muß [34]). In dieſer
erſten Urſache findet Ariſtoteles das höchſte Weſen und lau=
tere Wirklichkeit [35]).

Als reine Form bildet das höchſte Weſen das gerade Gegen=
theil von der formloſen Materie. Man könnte es darum für die
abſolut höchſte Stufe der Entwicklung oder die Vollendung des
Werdens halten, bei welcher ſich alle in der Materie gelegene
Möglichkeit zur Wirklichkeit erhoben hat. Dieſer Annahme würde
auch nicht entgegenſtehen, daß es Ariſtoteles Anfang der Ent=
wicklung (ἀρχὴ κινητική) nennt und von ihm ſagt, es gehe ſowohl
der Zeit (χρόνῳ) als dem Weſen (οὐσίᾳ) nach allem Potenziellen
voraus [36]). Denn Ariſtoteles bemerkt in der nemlichen Stelle
zugleich, wie das im Entſtehen Letzte der Form und dem Weſen
nach das Erſte ſey [37]). Eine ſolche pantheiſtiſche Anſicht, nach
welcher Gott ſelbſt dem Werden unterliegen und durch dieſes wie
in einem Kreislaufe zu ſich ſelbſt zurückkehren ſollte, darf man
jedoch dem Ariſtoteles nicht aufbürden. Daß der letzte Grund

---

31) Brandis: „Handbuch der Geſchichte ꝛc.“ II. Th. 2. Abth. Erſte Hälfte.
S. 567: „Das ganze Reich des Werdens löſt ſich in fortſchreitende Entwicklung
lebendiger Kraftthätigkeiten auf, denen als Grund der Verwirklichung ein an
ſich ſchlechthin beſtimmungsloſes Vermögen, Urſtoff, vorausgeſetzt wird.“

32) Metaph. XI cap. 9 § 20.

33) L. c. IX cap. 8 § 9: ἀεὶ γὰρ ἐκ τοῦ δυνάμει ὄντος γίγνεται τὸ
ἐνεργείᾳ ὂν ὑπὸ ἐνεργείᾳ ὄντος.

34) L. c. IX cap. 8 § 26: κατά τι δὴ τοῦτον τὸν λόγον φανερὸν ὅτι
πρότερον τῇ οὐσίᾳ ἐνέργεια δυνάμεως· καὶ ὥσπερ εἴπομεν, τοῦ χρόνου ἀεὶ προ-
λαμβάνει ἐνέργεια ἑτέρα πρὸ ἑτέρας ἕως τῆς τοῦ ἀεὶ κινοῦντος πρώτως. — l. c.
XII cap. 6 § 6—7: δεῖ ἄρα εἶναι ἀρχὴν τοιαύτην ἧς ἡ οὐσία ἐνέργεια.
ἔτι τοίνυν ταύτας δεῖ τὰς οὐσίας εἶναι ἄνευ ὕλης. ἀϊδίους γὰρ δεῖ, εἴ πέρ
γε καὶ ἄλλο τι ἀΐδιον. ἐνεργείᾳ ἄρα.

35) L. c. cap. 8 § 24.

36) L. c. IX cap. 8 § 3.

37) L. c. § 14: τὰ τῇ γενέσει ὕστερα τῷ εἴδει καὶ τῇ οὐσίᾳ προτέρα.

aller Bewegung und Veränderung für sich unbeweglich und unveränderlich sey, sagt er selbst ausdrücklich [38]).

Die Unmöglichkeit einer Entwicklung Gottes nach aristotelischer Anschauungsweise geht übrigens schon daraus hervor, daß Gott keine Materie hat, ohne welche sich Aristoteles keine Entwicklung zu denken vermag. Da ferner nach aristotelischer Auffassung das Werden durch die Entwicklung der Artunterschiede aus den Gattungen seinen Fortgang nimmt, und nur auf diese Weise die Vielheit der Formen und einzelnen Dinge aus der einen, ursprünglich unbestimmten Materie entstehen kann, so ließe sich gar nicht erklären, wie dieser immer nur durch Vermehrung stattfindende Fortschritt in einer einzigen Form zu Ende gehen sollte. Aristoteles lehrt entschieden die Einheit dieses höchsten Prinzips [39]), und diese Einheit ist ihm eine unentbehrliche Voraussetzung zur Erklärung der begrifflichen Verbindung wie des wirklichen Zusammenhanges der Dinge unter sich [40]). Daß aber aus der Vielheit einzelner Dinge im Werden eine einheitliche Substanz entstehen könne, hält er geradezu für unmöglich [41]).

Ist auf diese Weise die Gottheit dem Prozesse des Werdens entrückt, so erscheint die Materie ihr gegenüber als ein selbständiger Grund des Werdens, welcher wie die platonische Ideenwelt die Gesammtheit der einzelnen Dinge bereits dem Vermögen nach (δυνάμει) in sich enthält, und nur noch des Einflusses der göttlichen Aktualität bedarf, um diese Gesammtheit in

---

38) L. c. XII cap. 7 § 8: εἰ μὲν οὖν τι κινεῖται, ἐνδέχεται καὶ ἄλλως ἔχειν. — ἐπεὶ δ' ἐστί τι κινοῦν. αὐτὸ ἀκίνητον ὄν, ἐνεργείᾳ ὄν, τοῦτο οὐκ ἐνδέχεται ἄλλως ἔχειν οὐδαμῶς. Vgl. ib. § 21—24, wo die ewige Substanz ἀπαθὲς καὶ ἀναλλοίωτον genannt wird.

39) L. c. XII cap. 8 § 25: ἓν ἄρα καὶ λόγῳ καὶ ἀριθμῷ τὸ πρῶτον κινοῦν ἀκίνητον ὄν — und am Schlusse des XII. Buches durch die Anführung des bekannten Verses aus der homerischen Ilias: „οὐκ ἀγαθὸν πολυκοιρανίη· εἷς κοίρανος ἔστω." — Die mehreren ewigen Substanzen, von welchen XII. cap. 8. als bewegenden Ursachen der Planeten die Rede ist, scheint sich Aristoteles als eine Art Untergötter gedacht zu haben. Ihr Verhältniß zum höchsten Princip ist jedoch von ihm sehr im Unklaren gelassen. Nach §. 8 eod. sollten auch sie immateriell seyn; §. 24 eod. sagt er dagegen ausdrücklich, daß Alles, was der Zahl nach ein Vielfaches ist, Materie habe. Vgl. übrigens VIII cap. 1 § 15 u. cap 4 § 11.

40) L. c. XII cap. 10 § 21, XIV cap. 3 § 12. vgl. VIII cap. 6 § 21.

41) L. c. VII cap. 13 § 16: ἀδύνατον γὰρ οὐσίαν ἐξ οὐσιῶν εἶναι ἐνυπαρχουσῶν ὡς ἐντελεχείᾳ· ἡ γὰρ ἐντελέχεια χωρίζει.

Wirklichkeit (ἐνέργεια) aus sich zu entwickeln. Hier drängen sich uns jedoch von selbst zwei Fragen auf:

1) In welchem Verhältnisse steht die göttliche Aktualität zur Materie, und wie läßt sich das Zusammentreffen beider erklären?

2) Wie ist der Einfluß der göttlichen Aktualität auf die Materie zu denken, um das Entstehen der einzelnen Dinge aus dieser begreifen zu können?

Ueber die erste Frage finden wir bei Aristoteles ebensowenig wie bei Plato über das Verhältniß der Ideen zur Materie der sinnlichen Dinge einen befriedigenden Aufschluß. Es lag überhaupt in der Denkart des heidnischen Alterthums, nur die Form der Dinge göttlicher Einwirkung zuzuschreiben, und den Gegensatz zwischen der letzteren und der Materie als einen unaufheblichen zu betrachten [42]).

Bezüglich der zweiten Frage weiß Aristoteles von keiner göttlichen Thätigkeit, welche mit schaffender Macht eine Bewegung in der Welt hervorbrächte. Gott handelt nach ihm überhaupt nicht [43]), sondern dessen Thätigkeit besteht nur im Denken, und zwar nur im Denken seiner selbst. Das Denken von etwas Anderen wäre schon eine Veränderung des göttlichen Wesens, und zwar zum Schlechteren [44]). Die Bewegung der Welt hat vielmehr nur einen ideellen Grund in Gott, nemlich insoferne er von ihr gewollt und gedacht und wie ein geliebter Gegenstand angestrebt wird [45]). Ein solches Streben setzt aber schon eine Thätigkeit des Strebenden und sich Bewegenden voraus, und diese Thätigkeit sollte eben erst erklärt werden.

Wir finden also hier die nemliche Lücke wie in der platoni-

---

42) Nach Plato Tim. p. 48. ist die Materie dasjenige, was mit einer gewissen Nothwendigkeit der freien Thätigkeit des göttlichen Verstandes in der Schöpfung entgegenkommt. Auch bei Aristoteles erblicken wir die Form im Kampfe mit einer Nothwendigkeit, welche ihren Grund in der Materie hat, und von jener nicht immer gehörig bewältiget werden kann. Hieraus erklärt z. B. Aristoteles die Entstehung von Mißgeburten. — de gener. animal. IV. cap. 3. — Ueber das Verhältniß des ἄπειρον zum göttlichen ἓν bei den Pythagoreern vgl. Brandis im Rheinischen Museum a. a. O. S. 227. u. f.

43) De coelo II. 12. — Eth. Nicom. X. 8.

44) Μεταβολὴ εἰς χεῖρον. Metaph. XII. cap. 9. §. 5.

45) L. c. cap. 7 § 8: τὸ ὀρεκτὸν καὶ τὸ νοητὸν κινεῖ οὐ κινούμενον. — § 7: κινεῖ δὲ ὡς ἐρώμενον.

schen Ideenlehre. Plato entwickelte die Ideen aus dem göttlichen Elemente, vermochte aber die Erscheinung der einzelnen Dinge in der materiellen Welt nicht zu erklären. Aristoteles machte dagegen den Versuch, die Ideen aus der Materie selbst sich entwickeln zu lassen, fand aber kein Prinzip zu einer solchen Entwicklung. Plato ging vom Allgemeinen aus und wollte aus diesem das Besondere ableiten, vermochte aber keinen Uebergang zum Einzelnen zu gewinnen. Aristoteles wählte das Einzelne zum Ausgangspunkte seiner induktiven Forschung, fand aber im Emporsteigen zum Allgemeinen keinen letzten Grund, auf welchen er das Einzelne hätte zurückführen können. Seine Gottheit ist eine bloße Hypothese, zunächst nur ersonnen, um durch sie die Bewegung der Himmelskörper zu erklären, in der That aber schon hiefür so wenig ausreichend, daß er sich genöthiget sah, zur Erklärung der Planetenbewegungen andere, gleichfalls ewige und unbewegte Substanzen anzunehmen.

Daß Aristoteles die große Lücke in seinem System recht wohl fühlte, erhellt aus seinen Aporien, von welchen gerade diejenigen, deren Lösung er selbst unterließ, sämmtlich auf einen und den nemlichen Punkt hinweisen, mit dessen Aufklärung alle Zweifel in ihnen verschwinden. Diese Aporien verdienen deshalb unsere besondere Aufmerksamkeit, weil uns Aristoteles gerade in ihnen jene Lücke angezeigt hat, welche die Philosophie des Alterthums überhaupt nicht mehr auszufüllen vermochte, und dessen Ausfüllung den vorzüglichsten Beweis des Fortschrittes der Spekulation in der neueren Philosophie enthält.

Aristoteles erhebt nemlich in seiner Metaphysik folgende Zweifel:

1) Sind die Gattungen (τὰ γένη) oder die letzten Bestandtheile (ἐξ ὧν ἐνυπαρχόντων ἐστὶν ἕκαστον πρῶτον) als Prinzipien zu betrachten? Für das Letztere scheint zu sprechen, daß man die Dinge aus ihrer Zusammensetzung erforscht, für das Erstere, daß alle Erkenntniß durch Begriffsbestimmungen bedingt ist. — III. cap. 3.

2) Nur das Einzelne ist ein Fürsichseyendes, eine Substanz; aber nur vom Allgemeinen gibt es ein Wissen. Sind also die Principien Substanzen, so können sie nicht gewußt werden; sind sie aber allgemein, so existiren sie nur accidentell und können dann, weil alles Accidentelle eine Substanz voraussetzt, nicht mehr Principien seyn. — III. cap. 4 § 1. cap. 6 § 8. XI. cap. 2 § 20. XIII. cap. 10 § 3. etc. — In der letzten Stelle § 10. macht Aristoteles gewissermaßen einen Anlauf zur

Beantwortung dieser Aporie durch die Unterscheidung eines po=
tentiellen und actuellen Wissens. Der Grund dieser Unterschei=
dung wird jedoch nicht weiter untersucht, und der Lösungsver=
such endet mit einer neuen Zweifelsfrage, welche Aristoteles nur
noch andeutet, aber nicht mehr weiter untersucht [46]).

3) Sind die Prinzipien der Art nach oder der Zahl nach
bestimmt? — Ist jedes Prinzip für sich nur der Art, nicht auch
der Zahl nach Eines, so kann gar nichts der Zahl nach Eins
seyn, und alle Einheit im Seyn und Erkennen ist zerrissen. Ist
aber jedes von ihnen der Zahl nach Eins, so werden eben nur
die Prinzipien selbst seyn, und außer ihnen kann es nichts Wei=
teres geben. — III. cap. 4 § 10. XIII. cap. 10 § 3—6. —

4) Hat das Vergängliche und Unvergängliche die=
selben oder verschiedene Prinzipien? — Sind die Prinzipien bei
beiden dieselben, so fragt sich, warum aus ihnen so Verschiede=
nes entsteht. Sind sie aber verschieden, so fragt sich weiter, ob
die Prinzipien des Vergänglichen für sich vergänglich oder unver=
gänglich sind. Im ersten Falle müßten sie selbst wieder aus an=
deren Prinzipien entstehen, im zweiten Falle wäre nicht abzusehen,
wie aus dem Unvergänglichen Vergängliches wird. — III. cap. 4
§ 14—30. XI. cap. 2 § 11—13. [47]). —

Von diesen Aporien erfordert die erste zu ihrer Lösung offen=
bar solche Elemente, welche die letzten Bestandtheile der einzelnen
Dinge bilden und zugleich die allgemeinen Ursachen ihrer Gattungen
sind, — die zweite eine Einheit der Elemente, welche die Viel=
heit der einzelnen Dinge durch das Allgemeine in ihnen verbin=
det, — die dritte und vierte endlich solche Elemente, welche nicht
an sich selbst sind, sondern das Seyn erst durch ihre Verbindung
hervorbringen, und deren Verbindung ebensowohl eine auflösliche
wie eine unauflösliche seyn kann. In dieser Weise können aber
die Elemente nicht für sich Prinzipien seyn, sondern setzen noth=
wendig eine οὐσία über sich voraus, welche mehr als sie Prin=
zip genannt zu werden verdient. Aristoteles hat nun zwar eine
solche οὐσία in seiner ersten bewegenden Ursache ausfindig ge=
macht, welche er auch Prinzip (ἀρχή) nennt. Diese Benennung

---

46) Ἀλλὰ δῆλον ὅτι ἔστι μὲν ὡς ἐπιστήμη καθόλου, ἔστι δ' ὡς οὔ.

47) Aristoteles bezeichnet zwar in seiner Abhandlung de gener. et corr.
II. cap. 10. als ewige Ursache des Entstehens und Vergehens in der Welt
die Schiefe der Ekliptik (τὴν κατὰ τὸν λοξὸν κύκλον φοράν). Metaph. XII.
cap. 6 § 16 etc. Eine Lösung obiger Aporie wird jedoch hierin Niemand
erblicken.

ist jedoch eine ganz ungerechtfertigte; denn in jener Ursache fand er nur eine von der Welt vollkommen abgezogene und in sich gekehrte Gottheit, welche sich seinen Blicken sosehr verhüllt hatte, daß er in ihr nicht den entferntesten Zusammenhang der Dinge mit dem letzten Grunde ihres Werdens mehr zu entdecken vermochte.

Plato und Aristoteles haben unstreitig das Höchste geleistet, was das Alterthum in der Wissenschaft überhaupt zu erringen vermochte. Beide hatten sich zur Aufgabe gemacht, das unbedingt Seyende aufzusuchen, und in ihm die Quelle des bedingt Seyenden zu erforschen. Plato sagt dieses mit klaren Worten [48]). Aristoteles behandelte in seiner Metaphysik nichts mit so großer Sorgfalt und Ausführlichkeit wie die Frage nach der οὐσία. Von dieser sagt er, sie sey die von jeher in alter und neuer Zeit aufgeworfene und immer wieder in Zweifel gezogene Frage, was das Seyende sey [49]). Daß es ihm hiebei nicht bloß um das bedingt Seyende, sondern zunächst und vor Allem um das unbedingt Seyende zu thun war, ersehen wir aus jenen Stellen, wo er zeigt, wie alles auf der zufälligen Verbindung von Materie und Form beruhende Seyn vergänglich und durch ein erstes, nothwendig und ewig aktuell Seyendes bedingt sey [50]). Plato fand das unbedingt Seyende nur als Allgemeines in der Idee, nicht aber als οὐσία im aristotelischen Sinne. Aristoteles dagegen kam auf seinem induktiven Wege nur bis zu den höchsten allgemeinen Ursachen [51]), und beschränkte sich darauf, ein unbedingt Seyendes als höchstes Prinzip zu fordern. Seine Aufgabe wäre nun freilich gewesen, die letzten Ursachen auf dieses unbedingt Seyende zurückzuführen, wodurch dasselbe erst wahrhaft zum Prinzip geworden wäre. Allein dazu fand er in seiner ewigen οὐσία keinen Anknüpfungspunkt. Diese blieb ihm eine zusammenhangslose und daher für die Wissenschaft unfruchtbare Voraussetzung.

Ist nun hienach keinem von beiden die Lösung ihrer Aufgabe gelungen, so hat doch jeder von ihnen das Verdienst, den

---

48) De rep. VI. p. 505 a, 508 e, 509 b, 510 b, 511 b.

49) VIII. cap. 1 § 11: καὶ δὴ καὶ τὸ πάλαι τε καὶ νῦν καὶ ἀεὶ ζητούμενον καὶ ἀεὶ ἀπορούμενον, τί τὸ ὄν, τοῦτό ἐστι τίς ἡ οὐσία.

50) L. c. VII. cap. 15. u. VIII. cap. 8.

51) L. c. I. cap. 3, V. cap. 2.

Weg zu deren Lösung auf eine bis jetzt unübertroffene Weise gezeigt zu haben. Nur eine ausserordentliche Produktivkraft wie Plato konnte sich zu einer solchen Höhe in der Erkenntniß des Allgemeinen emporschwingen und den großartigen Gedanken fassen, von hier aus synthetisch eine Wissenschaft der Ideen zu erzeugen. Es liegt jedoch in dem natürlichen Gange der Wissenschaft, daß sich in ihr die synthetische und analytische Methode wechselseitig bedingen und hervorrufen. Hatte Plato das Allgemeine erkannt, ohne durch das Besondere einen Uebergang zum Einzelnen zu finden, so mußte ein Anderer den umgekehrten Versuch machen, vom Einzelnen durch das Besondere zum Allgemeinen emporzusteigen, und dazu hatte Aristoteles mit der Schärfe seines Verstandes und seiner Beobachtungsgabe den entschiedensten Beruf. Gelang es auch diesem ebensowenig den ganzen Weg von unten nach oben zurückzulegen, wie jenem den ganzen Weg von oben nach unten, so war damit doch die analytische Richtung der synthetischen des Plato gegenüber gebührend vertreten und in die wissenschaftlichen Ergebnisse, welche noch in späten Jahrhunderten als Grundlage weiterer Forschung dienen sollten, ein gewisses Gleichgewicht gebracht.